Über die Autorin

Elisabetta Bricca wurde in Rom geboren, studierte dort Soziologie, Medien- und Kommunikationswissenschaften und arbeitet als Werbetexterin und Übersetzerin. DAS GINSTERHAUS ist ihr Debüt als Romanautorin. Mit ihrer Familie lebt sie in Umbrien in einem mittelalterlichen Landhaus mit Blick auf den Trasimenischen See.

Elisabetta Bricca

Das

Ginsterhaus

Roman

Aus dem Italienischen
von Elisa Harnischmacher

BASTEI LÜBBE TASCHENBUCH
Band 17820

Dieser Titel ist auch als E-Book erschienen

Vollständige Taschenbuchausgabe

Deutsche Erstausgabe

Für die Originalausgabe:
Copyright © Elisabetta Bricca
Titel der italienischen Originalausgabe: »Il rifugio delle ginestre«
Originalverlag: Garzanti S.r.l., Gruppo editoriale Mauri Spagnol, Milano
Published by arrangement with Donzelli Fietta Agency srls

Für die deutschsprachige Ausgabe:
Copyright © 2019 by Bastei Lübbe AG, Köln
Umschlaggestaltung: Kirstin Osenau
Unter Verwendung von Motiven von © Shutterstock: schankz | versh |
Luboslav Tiles | Olena Mykhaylova | SeDmi | Pawaris Pattano09 |
Polarpx | Ian_Stewart und © serts / iStockphoto
Satz: Dörlemann Satz, Lemförde
Gesetzt aus der Adobe Caslon
Druck und Verarbeitung: CPI books GmbH, Leck – Germany
ISBN 978-3-404-17820-9

5 4 3 2 1

Sie finden uns im Internet unter www.luebbe.de
Bitte beachten Sie auch: www.lesejury.de

Ein verlagsneues Buch kostet in Deutschland und Österreich jeweils überall dasselbe.
Damit die kulturelle Vielfalt erhalten und für die Leser bezahlbar bleibt, gibt es
die gesetzliche Buchpreisbindung. Ob im Internet, in der Großbuchhandlung,
beim lokalen Buchhändler, im Dorf oder in der Großstadt – überall bekommen
Sie Ihre verlagsneuen Bücher zum selben Preis.

Für Flaminia, Viola und Antonio
Mein Blut, mein Herz meine Wurzeln

Jede Geschichte hat einen Anfang.
Einen Anfang, der auch ein Ende ist, denn ihr werdet sehen:
Es findet alles wieder zusammen.

PROLOG

In den Hügeln von Umbrien

Sie ist eingeschlafen und träumt von stillen Feldwegen in einer lauen Frühlingsbrise, träumt, wie ihre Seele in den Armen von Malvina zu Atem kommt. Ohne zu denken. Weder an ihre Mutter noch an ihren Vater.

Sie schläft, ganz einfach als das Kind, das sie ist, in nach Lavendel duftender Bettwäsche.

Plötzlich weckt sie das Summen einer Biene an ihrem Ohr.

Das Zimmer ist in bernsteinfarbenes Licht getaucht. Sie steht auf, geht zum Fenster und schiebt die Vorhänge beiseite. Rot wie eine reife Kirsche prangt die untergehende Sonne über den Hügeln.

Auf dem Kiesweg hüpft eine Amsel pickend umher. Sveva erkennt, dass es ein Weibchen ist, denn ihr Schnabel ist nicht gelb. Das weiß sie von Malvina. Von ihr weiß sie auch, wie man Mauersegler von Schwalben unterscheidet, die auf dem Weg zu ihren Nestern unter der Dachrinne steil in den Himmel aufsteigen. Und sie weiß von ihr, wie man giftige Pflanzen von harmlosen unterscheidet, das Gute vom Bösen.

Malvina wohnt am Ende des schattigen Weges, im nächsten Bauernhaus. Sie trägt unter dem Kinn zusammengebundene, geblümte Kopftücher, ist immer da, wenn Sveva sie braucht, flicht ihr das Haar in zwei straffe Zöpfe, und wenn sie sich sträubt, dann versetzt Malvina ihr eine zärtliche Kopfnuss.

Sveva ist noch verschlafen, von unten dringt ein sanfter, warmer Duft herauf. Barfuß geht sie die Treppe hinunter.

Malvina steht mit dem Rücken zu ihr in der Küche mit dem Terrakottaboden. Sie schiebt Hefezöpfe in den Ofen.

Beim Geräusch der tapsenden Füßchen dreht sie sich um. Über dem blauen Hausanzug trägt sie eine Schürze, an ihrem Kinn klebt ein wenig Mehl.

»Komm und nimm dir einen«, sagt sie ermunternd. Sveva nähert sich, streicht mit den Fingern über die glänzende Oberfläche: Sie ist noch warm.

»Wo ist Mamma?«, fragt sie.

Malvina setzt sich, ihr langer, von einigen grauen Strähnen durchzogener kupferfarbener Zopf fällt ihr über die Schulter. »Sie ist mit einem Freund essen gegangen.« Mit der Handfläche klopft sie auf den Stuhl neben ihrem. »Setz dich, iss etwas.«

»Ich wollte, dass sie mir heute Abend eine Geschichte vorliest.« Sveva schiebt das Brot zur Seite und zieht eine Schnute. Malvina wirft ihr einen besänftigenden Blick zu, streicht ihr mit der mehlbestäubten Hand über die Wange.

»Wenn du magst, mache ich das.«

Sveva nickt halbherzig und lässt die dünnen Beine hin und her baumeln.

»Titania und die Waldfeen haben noch viel zu erzählen«, sagt Malvina und senkt die Stimme zu einem Flüstern. »Und auch die alte Eule«, fährt sie fort und stößt ein unheimliches »Schuhuu« aus. Schließlich kitzelt sie Sveva, um ihr ein Lächeln zu entlocken, was aber nicht gelingen will.

»Hör auf, du tust mir weh«, sträubt sich Sveva. »Ich will meine Mamma.« Sie streckt die Hand nach der geflochtenen Ginsterkrone auf dem Tisch aus.

»Die hat sie für dich dagelassen«, sagt Malvina.

Tatsächlich ist das nur die halbe Wahrheit. Ljuba hat sie geflochten und dann auf dem Tisch liegen lassen.

Mit einer stolzen Bewegung setzt Sveva sie sich auf den Kopf.

Malvina atmet auf. »Magst du mir helfen?«

Ohne Begeisterung sieht das kleine Mädchen sie an. »Darf ich zum großen Baum, wenn ich dir helfe?«

Malvina seufzt wieder. Der große Baum ist der uralte Olivenbaum, der am Feldrand hinter dem Bauernhaus steht. Ein magischer Ort, Hüter längst vergangener Zeiten, an dem auch sie als Kind oft Zuflucht gesucht hatte, um dem eigenen Herzschlag zu lauschen und die tröstliche Energie der Natur zu spüren.

»Und deine Feenfreundinnen?«

Das Kind nickt.

»Natürlich darfst du, ich weiß, wie wichtig es dir ist, aber vorher hilfst du mir beim Backen. Magst du?«

Sveva runzelt die Stirn und streckt ihr die Zunge heraus.

Malvina öffnet die Schublade am Tisch, zieht eine rote Schürze hervor und bindet sie ihr unter den Achseln fest. Sie bedeutet Sveva, sich auf einen Stuhl zu knien, schüttet einen kleinen Berg Mehl vor ihr auf, gießt die in Wasser aufgelöste Hefe in die Mitte. Sveva taucht ihre Hände hinein, und das Gemisch aus Wasser und Mehl duftet, wie in ihrer Erinnerung Regen und Korn duften.

Malvina legt die Hände über die der kleinen Sveva, und so kneten sie den Teig.

Sie kneten gemeinsam, folgen den gleichen wellenförmigen Bewegungen, die Finger im weichen Teig miteinander verflochten.

Als Malvina die Zöpfe in den Ofen schiebt, nutzt Sveva die Gelegenheit, aus der Küche zu schlüpfen.

Den Blumenkranz noch auf dem Kopf, läuft sie barfuß hinaus.

Der verwachsene große Baum erhebt sich majestätisch im Mondlicht. Er ist so eindrucksvoll, dass er ihr gleichzeitig Ehrfurcht und Bewunderung einflößt. Ein gutmütiger Riese, den die Jahre gezeichnet haben.

Mit den Fingern streicht sie über die ungleichmäßigen Löcher in der Rinde, dann setzt sie sich mit dem Rücken an den Stamm. Sie ruft die schimmernden Wesen herbei, von denen ihr Malvina und ihre Mutter erzählt haben.

Dann wartet sie.

Eine kleine Schnecke taucht neben ihrem Fuß auf.

»Zeigt euch, bitte.« Mit angehaltenem Atem wartet sie weiter. Ihre Arme sind starr vor Kälte. »Bitte, ich weiß, dass ihr da seid.«

Sie verharrt ganz still, aber kein Blatt regt sich, kein schimmerndes Wesen erscheint. Tränen der Enttäuschung rinnen über ihre Wangen. »Ihr existiert nicht. Ihr seid nicht da.« Sie reißt sich die Krone vom Kopf, wirft sie auf die Erde. »Lügnerinnen!«, bricht es aus ihr heraus. »Lügnerinnen!«, wiederholt sie mit zusammengebissenen Zähnen und zertrampelt voller Zorn den Ginster.

»Wenn wir etwas nicht sehen können, dann heißt das nicht, dass es nicht existiert.«

Sveva erstarrt, wendet ihr Gesicht der Stimme zu.

Malvina steht vor ihr, in Dunkelheit gehüllt. Nur ihr Gesicht schimmert, glänzt wie ein Diamant in schwarzer Brunnentiefe.

»Beruhige dich, *cittina*, Kindchen.« Sie legt Svevas Hand auf das funkelnde Medaillon in ihrer zarten Halskuhle. »Mach die Augen zu und lass den Atem fließen.« Sveva gehorcht, ohne

Fragen zu stellen, so macht sie es immer, wenn die Bäuerin da ist. »Spürst du das Herz im großen Baum? Es schlägt genau wie deins.«

Anfangs hört und sieht sie nichts. Dann breitet sich von dem Medaillon ausgehend eine durchdringende Wärme aus. Ein Wispern scheint in der Luft zu liegen, etwas, das sie neben sich spürt, aber nicht benennen kann. Trotz des nächtlichen Windes ist ihr Nacken schweißbedeckt, und Schauer laufen ihr über die entblößten Arme.

Einen Moment, nur einen kleinen Moment lang, verspürt sie Angst. Mit der freien Hand sucht sie nach Malvinas und drückt sie.

Malvina hält sie fest. Sie streicht ihr das Haar aus dem Gesicht, haucht ihr einen Kuss auf die geschlossenen Lider.

Sveva riecht Lavendelduft und Seife. »Malvina ...«, flüstert sie mit tränenverschleierten Augen. »Geh nicht weg. Da war irgendetwas. Ich habe Angst ...«

Die Frau nimmt sie auf den Arm und summt ihr ein beruhigendes Schlaflied ins Ohr. Sveva kuschelt sich an sie, das Gesicht an ihre Schulter gedrückt.

Der Wind hat sich gelegt, und die Sterne leuchten wie Glühwürmchenschwärme auf den Feldern rund um das Bauernhaus.

1.

Rom

Der herbstliche Himmel über Rom war grau. Der Himmel dieser Stadt, die mittlerweile auch zu Svevas Stadt geworden war.

Das San-Camillo-Krankenhaus war ein Klotz aus abgeblättertem Putz, dem vier kahle Yuccas an der Front als Dekoration dienen sollten.

Sie betrat die Empfangshalle. Machte den MP3-Player aus, ohne die Kopfhörer abzunehmen, und wandte sich in Richtung Onkologie. Dann stieg sie die Treppen hinauf und trat durch die Tür im zweiten Stock.

Die Wände auf dem Flur hatten eine blassgelbe, kalte Farbe. Es stank nach Chloroform.

Eine alte Frau kam, auf einen Rollator gestützt, mühsam den Flur entlang. Sie war allein, ihre Gesichtshaut sah aus wie Pergamentpapier, und ihre geschwollenen Füße waren in uralte Pantoffeln gezwängt. Sie lächelte, als sie vorbeischlurfte. In ihren Augen blitzte es pfiffig auf, wie bei einem Kind, das gerade bei einem Streich ertappt worden war.

Sveva senkte den Blick und ging weiter zu Zimmer sieben. Die Tür war angelehnt, sie stieß sie auf und trat ein.

Ihre Mutter lag im Bett, die Beine unter einer weißen Decke. Ihre Arme ruhten an den Seiten, im linken Unterarm steckte eine Infusionsnadel.

Die wenigen Haare auf ihrem Kopf waren hell, sie sahen ganz flauschig aus, wie bei einem Lämmchen. Sie schlief, ja. Der Atem hob und senkte gleichmäßig ihre Brust. Und in dieser Brust lag ihr Herz.

Ein Herz, das noch schlug.

Sveva kniff die Augen zusammen, ihre Beine fühlten sich an, als wären sie im Boden verankert. Ihr Herz war nicht in diesem Körper, sondern lebte in der Erinnerung. In der Erinnerung an ein Lächeln, an Seidentücher und heimliche Küsschen im Schutz einer Decke.

Diese Wärme ihrer Mutter, an die sie sich immer verzweifelt zu klammern versucht hatte.

In Svevas Herz aber lebte auch blanke Wut: auf dieses Vagabundenblut, das durch Ljubas Venen floss und dafür gesorgt hatte, dass sie zeitlebens so unstet gewesen war; auf die Einsamkeit, die Sveva von jeher in ihrem Inneren verspürte und nicht aufzulösen vermochte.

Und nun war es zu spät.

Die Wörter flogen in ihrem Kopf durcheinander, und es gelang ihr nicht, sie zu ergreifen. Wo war das Wort für Einsamkeit? Das für abgewiesene Liebe? Wo war der Lauf ihres Lebens so jäh unterbrochen worden, dass er nun nicht mehr wiederherzustellen war? Zu viele Jahre hatte sie schweigend in ihrem Schmerz verbracht, während sie nach außen vorgab, alles wäre gut. Aber wenn dein Lächeln unecht ist und du in der Stille deines Zimmers heimliche Tränen vergießt, dann ist gar nichts gut. Du bist nicht du selbst. Reden hilft nicht, Schreien hilft nicht. Niemand hört dir zu. Also bleibt dir nur ein Lächeln. Glauben kannst du an gar nichts mehr, aber lächeln. Immerzu.

Ihre Schwester Sasha saß neben dem Bett. Den Kopf in die darauf verschränkten Arme gelegt.

Sie hatte sie seit einem Jahr nicht mehr gesehen und

wünschte, dass all diese Zeit niemals vergangen wäre. Zeit, in der viele Dinge geschehen waren, unter anderem Reynauds Tod. Sein Wagen war ins Schleudern geraten und dann die Felsen hinuntergestürzt.

Er, dem im Leben kein Risiko zu groß gewesen war, hatte Ljuba so sehr geliebt und immer geglaubt, er sei für sie der einzige Mann. Doch er hatte sie nicht zu fassen bekommen, flüchtig wie der Wind war sie ihm entwischt.

Sasha war die Frucht ihrer Liebe, dieser Liebe zwischen Rom und Paris, bestehend aus atemlosen Wochenenden, Sex und nicht gehaltenen Versprechen.

Sasha, große Schwester, Ärztin; die Frau, die Sveva niemals sein würde.

Denn es gab diesen einen beträchtlichen Unterschied zwischen ihnen: Sasha hatte ihren Vater gekannt, Sveva den ihren nicht. Und er hatte auch nie nach ihr gesucht.

Sasha hob leicht den Kopf, ihre Augen waren geschwollen, und zwei tiefe Falten zogen sich von ihren Mundwinkeln hinunter. Sie sah Sveva an, und ihre Augen füllten sich mit Tränen. Svevas Gesichtsausdruck war so hart, irgendwie resigniert und herausfordernd, so hatte Sasha sie noch nie gesehen.

Mittlerweile war Sveva zu einer Frau geworden, und doch konnte sie in ihren bebenden Lippen noch immer die Zerbrechlichkeit des Kindes sehen, das sie einst auf den Armen getragen hatte.

Sie hatte ihr gefehlt. Oh ja. Jeden Tag ihres Lebens in Indien. Seitdem sie vor Jahren in ärztlicher Mission nach Varanasi gegangen war.

Sie hatte ihr E-Mails geschrieben, sie gebeten zu kommen.

Sveva hatte nur ein einziges Mal geantwortet und nur, um ihre Einladung abzulehnen.

»Schaffe es nicht, zu viel zu tun«, hatte sie geschrieben. Aber

Sasha kannte sie. So war sie eben: Sie lehnte Hilfe ab. Sie war sie nicht gewohnt.

Eine andere Gelegenheit wäre ihr für ein Wiedersehen lieber gewesen. Vielleicht in der Bar della Pace, wo sie so gerne mit Ljuba auf einen Aperitif hingegangen waren und den neuesten Tratsch ausgetauscht hatten. Aber nun saßen sie beide hier, an diesem Krankenbett.

Wer hat gesagt, dass nur die Liebe Menschen zusammenbringen kann? Auch der Schmerz vermag das.

Sveva blieb, wo sie war, als wäre sie mit der Tür verbunden.

Flehend streckte Sasha ihr die Arme entgegen.

Sveva atmete tief ein, ballte die Hände zu Fäusten und öffnete sie wieder. Sie bewegte sich zögernd, machte einen Schritt auf sie zu. »Wie lange das her ist, Sasha.«

Sie nickte. »Komm her und drück mich ganz fest.«

Und als sie sich in ihre Arme warf, sah Sasha in den Augen ihrer Schwester den gleichen verlorenen Blick, den sie schon als Kind gehabt hatte.

Bei Sonnenuntergang verließen sie die Klinik. Die Krankenschwester hatte gesagt, es sei nicht nötig, über Nacht zu bleiben. Sie hatten sich bei Ljuba verabschiedet, die dank einer hohen Dosis Morphium fest schlief. Die Schwestern entschieden, nicht im Haus der Mutter in Prati zu übernachten, ihre Abwesenheit wäre zu schmerzhaft gewesen. Sveva und Sasha fuhren nur auf einen Sprung vorbei, um für Sasha etwas zum Wechseln und einen Pyjama zu holen.

In Svevas Wohnung schliefen sie wenig und schlecht, ineinander verschlungen im selben Bett. Die kleine Wohnung lag im Viertel Monti di Roma. Es gab zwei Zimmer und ein Bad; an den elfenbeinfarbenen Wänden hingen farbenfrohe Drucke von Paul Klee.

Im Schlafzimmer des barocken Hauses war ein großes Fenster, das auf den Innenhof hinausging.

Ein gekachelter Hof mit verblühten Topfblumen, die der ungewöhnliche Oktoberwind in diesem Jahr nicht verschont hatte. Ein kleiner Olivenbaum stand auch dort, mit seinem dünnen Stamm sah er fast schwindsüchtig aus.

Es war Sonntagmorgen, Kaffeeduft lag in der Luft. Das große Bett war noch ungemacht.

Durch das geöffnete Fenster hörte man das Klappern von Geschirr.

Sasha stand vom Schreibtisch auf und ging zu der Kochnische. Zwei Hängeschränke, ein alter Gasherd, ein weißer, beschichteter Tisch und zwei Stühle.

Sveva stand mit dem Rücken zu ihr und wollte gerade den Kaffee einschenken. Sasha nahm eine Zigarette aus dem Päckchen, das sie in der Pyjamatasche trug, und steckte sie an. Sie nahm einen Zug.

Plötzlich musste sie weinen. Ljuba lag im Sterben, und sie fürchtete, mit ihr auch Sveva für immer zu verlieren. In den letzten Jahren war die Mutter die einzige Verbindung zwischen ihnen gewesen.

Sveva reichte ihr eine Tasse und setzte sich ihr gegenüber. Ihr Haar war verstrubbelt, sie trug ein großes T-Shirt, das ihr bis zu den Knien reichte. Schweigend griff sie nach der Zigarette in Sashas Hand, nahm einen Zug und drückte sie im Aschenbecher aus. Sie blickte sie ungerührt an.

Sasha wischte sich mit dem Handrücken die Tränen weg, versuchte zu lächeln. »Ich mache etwas zu essen für Mamma.« Sie stand auf. Sveva streifte ihren Arm, ganz leicht. Das war ihre Art zu zeigen, dass sie da war.

Sveva fuhr wieder ins Krankenhaus, Sasha blieb zu Hause, um ein wenig auszuruhen.

Sie saß am Bett, eine Hand auf dem Arm ihrer Mutter, die schwer atmete. »Im Schrank ist eine kleine Flasche. Gib mir einen Schluck Wein, mein Schatz.« Ljuba sah sie bittend an.

Sveva zögerte. »Nein, Mamma, du darfst nicht. In deinem Zustand kommt das nicht infrage. Wenn du Durst hast, trink Wasser.«

Weder wollte sie diskutieren noch die Flausen ihrer Mutter anhören.

Es war schon später Vormittag, und bald würde sie in die Agentur fahren müssen. Sie hatte sich zwei freie Stunden erbeten, und es war schon verwunderlich, dass ihr Chef sich darauf eingelassen hatte.

»Bitte, mein Schatz.« Das Licht des kalten Novembertages fiel schräg durch das Fenster, legte sich auf Ljuba und ihre trockene, gelbliche Gesichtshaut. Ihre Lippen waren so rau, dass sie aussahen wie Schleifpapier. Sie versuchte ein Lächeln, aber man sah ihr an, wie schmerzhaft es sein musste.

»Bitte. Ich brauche das.«

Sveva seufzte. Sie fror. Dieses Zimmer war so steril, dass es keinerlei Wärme zuließ.

Sie warf sich ein wollenes Cape über die Schultern, öffnete die Schublade in der Kommode neben dem Bett, nahm die Flasche heraus und goss etwas Wein in einen Plastikbecher.

Ljuba schloss die Augen, sie atmete wieder schwer. Wie ein zartes Vögelchen sah sie aus, nur ihr Kopf war zu groß.

»Hier, Mamma.«

Sie half ihr, sich aufzusetzen, Ljuba öffnete ihre Lider nur ein kleines Stück. Sie trank den Wein in winzigen Schlückchen. Dann hustete sie und sah ihre Tochter an. Ihre Pupillen waren stumpf, wie traumverschleiert.

»Ah«, flüsterte sie. »Ich kann die roten Weinberge sehen. Die schweren Trauben.« Sie legte den Kopf ein wenig in den Nacken; Sveva wollte sie stützen. Fragil, wie Ljuba war, fürchtete sie, sie könnte zerbrechen. »Der Mostgeruch und der sanfte Wind in meinem Haar.« Sie lächelte. Ein zartes Lächeln, das sich jedoch sofort in eine schmerzverzerrte Grimasse verwandelte.

Sie kniff die Lider zusammen und atmete langsamer.

»Mamma!« Sveva nahm sie bei den Schultern, schüttelte sie sanft. »Mamma«, sagte sie noch einmal mit brüchiger Stimme.

»Wer ... Ruf die Krankenschwester.« Ljubas Flüstern war kaum zu hören.

Mit angehaltenem Atem drückte Sveva energisch den roten Knopf über dem Bett.

Die Tür wurde sofort geöffnet. Die Krankenschwester warf einen schnellen Blick auf die Patientin, fühlte ihren Puls. »Ich muss ihr noch eine Dosis Morphium verabreichen.« Sie füllte die Spritze auf, steckte die Nadel in die Infusion und drückte die Flüssigkeit hinein. Sveva beobachtete, wie die Frau im weißen Schwesternkittel ihre Aufgabe erledigte, die Spritze in den Müll warf und grußlos verschwand.

Ljuba drehte den Kopf auf die Seite, sie atmete langsam. Dann drehte sie sich mit einer gequälten Bewegung mühsam ihrer Tochter zu. Ihre Augen waren noch immer geschlossen.

Sveva strich ihren Arm entlang, vom Ellbogen bis zum Puls und wieder hinauf.

»Er war Indigo.« Die Wörter kamen ihrer Mutter unsicher über die Lippen. Sie nuschelte unbeholfen. »Indigo wie ein Sommerhimmel, wie das Meer, wie die Farbe an seinen Händen.«

»Wer denn, Mamma?«

Sie sah sie mit Tränen in den Augen an. »Dein Vater. Und

ich habe ihn geliebt. Habe ihn so sehr geliebt. Aber jetzt bin ich müde, alles ist so durcheinander. Verzeih, Sveva, verzeih mir.«

»Schsch, alles ist gut. Streng dich nicht zu sehr an. Wenn es dir besser geht, erzählst du es mir ...« Svevas Handflächen waren schweißnass, sie hatte einen Kloß im Hals. Ihr Vater ... Er hatte eine Leere in ihrem Inneren hinterlassen, die nie verschwunden war. Was wollte Ljuba ihr erzählen? Das abgedroschene Märchen von der Liebe? Ihr verraten, wie er gestorben war? Das wollte sie gar nicht wissen. Nicht mehr. Es war sinnlos. Nicht, nachdem sie ihr ganzes Leben ohne ihn verbracht und zwischen Gegenwart und Vergangenheit einen unüberwindbaren Graben gezogen hatte. Aber nun entdeckte sie eine andere Frau in ihrer Mutter, eine, die ihr fremd war. Sie streichelte ihr die Stirn, trocknete die Tränen, die ihre eingefallenen Wangen benetzten. Ljuba hustete noch einmal.

»Mamma, bitte ...«

»Nein, mein Schatz, ich sterbe. Ich weiß, ich war nicht die Mutter, die du dir gewünscht hast, mein Schatz, aber ich habe versucht, dich zu beschützen, so gut ich konnte.« Sie suchte Svevas Hand und verflocht ihre Finger mit ihren.

»Versprich mir ...« Sie hustete wieder und schnappte nach Luft. »Versprich mir, dass du noch einmal zum Bauernhaus fährst.« Ljuba blickte sie an, aber es war, als sähe sie Sveva nicht.

Sveva senkte den Kopf. Sie hatte nicht die Kraft, mit Ljuba zu diskutieren, und wusste nichts zu sagen. Schließlich warf sie einen Blick auf die Wanduhr und stellte fest, dass sie dringend losmusste, wenn sie nicht zu spät zum Meeting kommen wollte.

»Mamma ...«

»Versprich es mir, Sveva.«

Sie konnte es nicht. Die Worte blieben ihr in der Kehle stecken, bevor sie die Lippen erreichten. Sie atmete tief ein, wünschte sich fort, wünschte, sich im Grau des Himmels auflösen zu können. Aber sie gab nach, denn sie wusste, dieses würde ihr einziges und letztes Versprechen an die Mutter sein.

»Ich werde hinfahren. Nun beruhige dich, versuch, dich auszuruhen ...«

»Hörst du das? Zefferino singt zwischen den Rebstöcken. Und vor meinen Augen wird alles zu Blau. Dein Vater und ich im Blau. Such ihn, Sveva ... Such das Indigo.« Ljuba träumte mit offenen Augen und weigerte sich aufzuwachen.

»Mamma.« Sie streifte ihre Hand. »Mamma, ich muss gehen.«

Ljuba drehte ihr sanftmütig den Kopf zu, und ihre Lippen formten ein Lächeln. Ihr Blick folgte Sveva, die ihre Tasche nahm, zur Tür ging und sich ein letztes Mal umdrehte. Sie hob die Hand zum Gruß, aber Ljuba konnte sie nicht sehen.

2.

Draußen war es kalt. Sveva lief nervös die Straße entlang und wickelte sich fest in ihr Cape. Ihr Telefon klingelte. Sie sah auf die Nummer – die Agentur. Es klingelte weiter. Ein-, zwei-, dreimal. Am liebsten hätte sie es weit von sich geworfen.
»Ja.«
»Wo bist du?«, blökte die ungeduldige Stimme des Chefs sie an.
»Bin in zehn Minuten da.«
»Beeil dich, wir wollen anfangen.«
Sie wollte antworten, dass ihre Mutter, verdammt noch mal, krank war, aber er hatte schon aufgelegt.
Wütend stieg sie ins Auto und schlug die Tür zu. Was für ein Idiot. Sie ließ den Motor an und stürzte sich in Roms kollabierenden Verkehr.
Im imposanten Konferenzsaal – alles voller Stuck und Fresken – erläuterte gerade der Marketingchef des multinationalen Konzerns Gambler begeistert die Eigenschaften ihres neuen revolutionären Waschmittels und deutete mit einem Stock auf seine Powerpoint-Präsentation.
Sveva trat verstohlen ein und hoffte, dass niemand ihre Verspätung bemerken würde. Doch sie spürte den eisigen Blick ihres Chefs auf sich, in dem ein »Wir sprechen uns noch« deutlich zu lesen war.

Sie setzte sich neben Roberto, den Art Director, der konzentriert schon einen Entwurf für die neue Kampagne skizzierte. Er warf ihr einen schnellen Seitenblick zu und ließ unter seinem rötlichen Schnurrbart ein Lächeln aufblitzen.

»Das Cape steht dir hervorragend, vor allem, weil man ahnt, was darunter steckt.« Roberto, wie er leibte und lebte, immer dieselbe Leier. Sveva fand ihn unerträglich.

Sie stieß einen Seufzer aus, und ihr Blick fiel auf Paola, die Produktionsassistentin, deren Augen von mindestens fünf Schichten Mascara umrahmt waren.

»Zicke.« Roberto richtete den Blick wieder auf seine Entwürfe und ließ sie in Ruhe.

Ein Glück, dachte Sveva und versuchte, sich auf Statistiken, Grafiken und den neuen Reiz des Produkts zu konzentrieren, aber je mehr sich der Marketingchef begeisterte, desto weiter schweifte sie ab.

Sie wusste, sie würden die Nächte durcharbeiten müssen, um das Layout zu entwerfen. Die Amerikaner waren die schlimmsten Kunden. Ihr Motto lautete »schnell und gut«, und sie verspürte nicht die geringste Lust, sich über das neue wunderwirkende *Splash* den Kopf zu zerbrechen. Es würde lediglich die Umwelt noch mehr verschmutzen und einige Hausfrauen in der Illusion wiegen, reine Wäsche und ein wenig mehr Zeit für sich gewonnen zu haben. Dabei war es nur synthetischer Abfall. Eine Probe des Waschmittels, dessen penetranter Maiglöckchenduft ihr Übelkeit verursachte, wurde herumgereicht.

Sie ertrug das alles immer weniger. Und es wurde mit jedem Tag schlimmer. Sie wollte nur noch davonlaufen.

Ihr Blick wanderte aus dem Fenster. Ihr Vater war Indigo. Wie ein Sommerhimmel. Aber da draußen, ebenso wie in ihrem Inneren, herrschte Grau. Es hatte angefangen zu regnen, ein Spatz hüpfte schutzsuchend auf das Fensterbrett. Plötzlich drang die Kälte Sveva bis in die Knochen. Was sie jetzt brauchte, waren ein Kaffee und eine Zigarette, und dieses verdammte Meeting sollte endlich zum Ende kommen.

Der Chef wirkte sehr aufmerksam, aber Sveva beobachtete, wie seine Hand unter dem Tisch mehrfach über Paolas in schwarze Leggins gezwängten Oberschenkel strich. Das übliche Getue. Scheinheiligkeit bis zum Gehtnichtmehr.

Die Wanduhr zeigte 13 Uhr. Mittagspause.

Sveva war sicher, dass sie das nur gedacht und nicht laut ausgesprochen hatte, aber der Marketingchef beendete seinen Vortrag mit einem »Bis später« und steckte die Folien in seine Tasche zurück.

In Windeseile entfloh sie dem Konferenzsaal, wurde dann aber auf dem Gang von einer Stimme aufgehalten.

»Wo gehst du hin?«

Ihr Chef kam mit ernster Miene auf sie zu. Mit seinem Aussehen wäre er in Filmen wie *Love Story* die perfekte Besetzung für einen Preppy gewesen.

»Ich muss mit dir reden.«

»Hat das nicht Zeit bis nach dem Essen, Massimo?«

»Nach dem Essen geht das Meeting weiter.«

Sie hasste sein snobistisches Gehabe, den Anzug von Armani und sein teures Parfüm. Hasste sein faltenfreies Gesicht und den überheblichen Blick, mit dem er sie ansah. Sie wusste, was sie erwartete, wusste, dass sie mal wieder nicht um die Predigt in seinem Büro herumkommen würde.

Massimos Büro war elegant, üppig bestückt mit Zeitschriften, Büchern und Preisen des *Art Directors Club*.

Er ging voraus und schloss nach Svevas Eintreten die Tür hinter ihnen, dann nahm er an seinem großzügigen weißen Schreibtisch Platz. Sveva blieb stehen. Draußen regnete es weiter.

»Du warst immer die beste Texterin, die ich jemals hatte …«

»Ich weiß. Komm zur Sache.«

»Du vergisst zu oft, dass ich dein Chef bin.«

»Und du, dass ich auch ein Leben außerhalb dieser Agentur habe.«

Sie kannten sich seit Jahren, aber während Massimo seine Existenz vollkommen der Karriere und den damit verbundenen Auszeichnungen gewidmet hatte, ertrug Sveva das Ganze nicht mehr.

Sie hatte den Wettkampf, die Verantwortung satt. Hatte es satt, ihm und der Agentur Stunde um Stunde ihres Lebens zu widmen. Hatte es satt, heiße Luft zu verkaufen.

»Ich mache es kurz: Deine Arbeit lässt nach. Du bist nicht bei der Sache und kommst dauernd zu spät. Du bist desinteressiert, Sveva. Vielleicht wirst du langsam einfach zu alt für diesen Job.«

Sie wandte den Blick ab, biss sich auf die Innenseite ihrer Wangen. Versuchte, sich zusammenzureißen. »Ich ertrage das alles nicht mehr, Massimo. Ja, du hast richtig gehört. Ich bin nicht wie du, und die ganzen Auszeichnungen, die Karriere, die Anerkennung, diese Drecksagentur, das alles interessiert mich nicht mehr. Ich will dir nicht mehr mein Leben widmen. Wenn du also meinst, ich sei nicht mehr die Richtige, dann triff eine Entscheidung.«

Er ließ sich in den Ledersessel zurückfallen und machte sich eine Zigarette an. »Ich will dich als Mitarbeiterin nicht verlieren. Vielleicht bist du einfach nur erschöpft.«

»Dann gib mir Zeit, lass mich Luft holen. Wie du weißt, habe ich gerade ziemlich viel um die Ohren.«

Massimo deutete ein Lächeln an, zog an seiner Zigarette und blies ihr den Rauch ins Gesicht. »Tatsache ist, dass wir keine Zeit *haben*.«

Sveva zuckte mit den Schultern. »Okay. Kann ich jetzt trotzdem essen gehen, Herr der Zeit?«

Massimo brach in aufrichtiges Lachen aus. »Du kannst so eine Zicke sein! Geh schon und hol dir deinen doppelten Espresso. Wir sehen uns später.«

Noch mal geschafft. Sie kannte Massimo und wusste mit ihm umzugehen.

Es goss in Strömen, als sie ohne Regenschirm auf die Straße trat. Unter einem Vorsprung suchte sie Schutz und holte ihr Telefon aus der Tasche.

Fünf Nachrichten:

Roberto. Sie las sie nicht einmal.

Livia, ihre beste Freundin, lud sie zum Essen beim Japaner ein und …

Sasha. Entgangener Anruf um 11:40 Uhr.

Sie rief sofort zurück.

»Hallo«, meldete sich Sasha mit belegter Stimme.

»Was ist los?«

Pause.

Die Stimme ihrer Schwester klang brüchig, als sie wieder sprach.

»Sie ist tot.«

»Ich bin sofort da.«

3.

Sveva lief durch den Regen, irgendwann rannte sie. Um sie herum verschwammen die Umrisse der Häuser und Straßen. Die klatschnassen Haare fielen ihr ins Gesicht. Sie dachte nicht. Fühlte nicht. Funktionierte einfach nur.

Sie fuhr wie eine Irre, verursachte fast einen Unfall. Aber es kümmerte sie nicht.

Sasha wartet bereits vor Ljubas Zimmer im Krankenhaus auf sie.

Sie sah völlig ausgelaugt aus, ihre Augen waren feuerrot. Als sie Sveva sah, warf sie sich in ihre Arme, hielt sie ganz fest. Sveva drückte sie an sich, weinte aber nicht. Sie konnte nicht. Sie wusste nicht, was sie tun oder sagen sollte.

»Wo ist sie?«, fragte sie nur.

Sasha nahm sie an die Hand, und gemeinsam gingen sie zur Leichenhalle. Als sie dort ankamen, lief es Sveva kalt den Rücken hinunter. Ihre Mutter war auf eine Liege gebettet, weiß wie das Tuch, das sie bedeckte. Die Haut an den Wangen war gespannt, Hände und Füße geschwollen. Die Lippen trocken.

Sasha hatte ihr ein dunkelviolettes Kleid mit blauen Punkten angezogen. Ljuba sah aus wie eine zierliche Lilie.

Sveva strich ihr über das Haar und spürte, wie etwas in ihr zerbrach.

Sie bereute, nicht da gewesen, zu sehr mit sich und ihren

eigenen Ansprüchen beschäftigt gewesen zu sein, damit, sich und allen anderen zu beweisen, dass sie es schaffen konnte. Aber nun wusste sie, dass die verlorene Zeit nicht wiederkehren würde, dass Liebe zwischen den Händen zerrinnen konnte, ohne dass man es merkte, dass es nun zu spät war, um sie noch festzuhalten.

Schluchzer brachen aus ihr hervor, nahmen ihr den Atem. Sie beugte sich über ihre Mutter, und nach langer Zeit hielt sie sie endlich wieder in den Armen und weinte.

Friedhof Prima Porta, Rom

Strahlender Himmel. Ein absurder Witz des lieben Gottes.

Kein Regen, der sich zu den Tränen hätte gesellen können.

Kein Windstoß, der die Gedanken hätte fortfegen können.

Diesen einen Gedanken.

Der sie nicht losließ.

Er hatte sich tief in ihr Hirn gebohrt und wütete in ihrem Herzen.

Sasha und sie waren allein zurückgeblieben und starrten auf den frischen Kalk, der die Öffnung der Grabnische bedeckte.

Auf dem Boden lagen Kränze.

Rote Rosen, fast alle. Von Massimo und den Kollegen aus der Agentur.

Ljuba hätte sie nicht gemocht.

Das Foto ihrer Mutter war mit Tesafilm an der Mauer festgeklebt worden, der Rahmen dafür war noch nicht fertig.

Sveva legte zwei goldgelbe Blüten auf die Erde. Ljuba würde wieder zwischen den Ginsterbüschen tanzen.

Zurück zu Hause, sprachen sie nicht.

Aßen nicht.

Sasha ging ins Schlafzimmer. Sveva hörte sie laut schluchzen.

Sveva steckte sich eine Zigarette an, öffnete das Fenster. Sie betrachtete den kleinen Olivenbaum, den sie vor Kurzem in einen einsamen Topf in eine Ecke des Hofes gepflanzt hatte. Nie hatte sie ihn so betrachtet, wie sie es nun tat. Rein instinktiv. So wie früher. Der Stamm war nicht größer als ein Ast, die Blätter gelblich und die Erde rissig.

Vertrocknet, so, wie ihr Herz es war.

Sie verließ ihren Platz am Fenster und ging in die Küche, um einen Krug mit Wasser zu füllen.

Im Hof brach ein Lichtstrahl durch die Wolken und schlug dem Schatten ein Schnippchen. Sveva goss den kleinen Olivenbaum, der dankbar trank. Sie bückte sich, riss dem Bäumchen ein Blatt aus, klaubte ein wenig Erde aus dem Topf und steckte alles in ihre Hosentasche.

Wasser, Laub. Erde. All dies bedeutete ihr schon lange nichts mehr. Sie hatte verlernt, in sich hineinzuhorchen, hatte ihre innere Stimme vergessen. Hatte sie erstickt. Beton war an Stelle des satten Grüns der Felder getreten. Als kleines Mädchen ihrer Muttererde entrissen, verpflanzt in die große Stadt. Als Heranwachsende vaterlos, nur mit dieser Hippiemutter, die, zerbrechlich und unsicher, wie sie war, als Zielscheibe herhalten musste für Männer, die ihre Liebe nur ausnutzten. Als Frau so einsam. Sie hatte eine Schutzschicht um sich herum aufgebaut, um zu überleben; hatte aus der Karriere ihr Lebensziel gemacht. Und der Welt gezeigt: »Hier bin ich. Schaut, was ich erreicht habe.«

Und doch hatte es einmal eine Zeit gegeben, in der sie an Magie geglaubt hatte, an die tröstliche Macht der Natur. Die Zeit der Unschuld, der Kindheit. Eine Zeit, in der alles einfach schien und Malvinas Worte ihrem Herzen guttaten. Wie lange war sie schon nicht mehr beim Bauernhaus gewesen?

Ljuba ist tot, und die Vergangenheit ist es schon lange. Du wirst doch nicht mehr an solche Dummheiten wie den großen Baum und Magie glauben? Die Wahrheit ist: Du bist allein, mutterseelenallein.

Müde fuhr sie sich mit den Fingern durchs Haar.

Immer hatte sie versucht, im Hier und Jetzt zu sein, Tag um Tag war vergangen, und was war von ihr übrig geblieben? Wie viel von dem, was sie einst gewesen war, hatte sich hinübergerettet? Von dem Kind, das an Feen glaubte? Instinktiv griff sie noch einmal in die Hosentasche und tastete nach dem Blatt und der Erde. Und dann fühlte sie es: Es war da, obwohl sie es nicht wahrhaben wollte. Sie trug es seit vielen Jahren nicht mehr am Hals, hatte es aber immer dabei. In der Hosentasche, im Mantel, der Handtasche. Wie eine tröstliche Erinnerung, die Erinnerung an das, was sie einst gewesen war und hätte sein können, bis ihr neues Leben die Oberhand darüber gewonnen hatte. Das Medaillon, genau dieses Medaillon, war alles, was von der Vergangenheit geblieben war. Doch Sveva hatte nicht die Kraft, es aus der Tasche zu ziehen, nicht den Mut, die Ginsterwurzel durch das sie umschließende Glas zu betrachten. Dann hätte das Medaillon ihr gespiegelt, wie fremd sie sich geworden war. Und doch umschloss sie es mit der Hand, spürte seine Wärme. Und wusste, sie würde die Kraft finden zu handeln.

Sie sah in den Himmel, der nun von strahlendem Blau war.

Wenn wir etwas nicht sehen können, dann heißt das nicht, dass es nicht existiert.

Malvina. Malvina, wo bist du?

4.

Umbrien, Trasimenischer See

An einem Sommerabend kehrte sie zurück.
Die Luft war erfüllt vom Duft der Blumen und Kräuter in den Gärten und von dem des goldenen Heus auf den Feldern. Erfüllt vom tanzenden Licht der Glühwürmchen zwischen den Bauernhäusern und vom Wind, der die Wasseroberfläche in der Flussbiegung zwischen den Bäumen kräuselte.

Auf der Hügelkuppe erstrahlte im weichen Mondlicht das Bauernhaus. Mit dem etwas angeschlagenen Mauerwerk auf der rechten Seite hatte es die Anmutung einer stolzen betagten Signora. Wilde Rosen rankten an den weißen alten Steinen empor. Rosen, die Ljuba und Malvina gepflanzt hatten, um einen Riss in der Mauer zu verdecken. Ein Stückchen weiter wucherte ein tiefblaues Büschel Vergissmeinnicht über den Zaun. Indigo, dachte Sveva. Sie konnte sich nicht erinnern, ob die Pflanze damals schon dagewesen war.

Sie parkte, stieg aber nicht sofort aus. Die Hände noch am Lenkrad, hörte sie *Radio Subasio*, den Blick ganz in die friedliche Landschaft versenkt. *Mamma, ich habe mein Versprechen gehalten.*

Ihr Handy klingelte. Es war Massimo.

»Ich höre.«

Am anderen Ende der Leitung ein Seufzen, Stille und dann: »Du hörst was? Sveva, verdammt, was willst du von mir hören? Du warst jetzt mehrere Tage nicht mehr in der Agentur.«

»Du kannst meine Kündigung aufsetzen. Ich lasse dir noch die Adresse zukommen, an die du sie für meine Unterschrift schicken kannst.«

Die Antwort war ein bissiges, hysterisches Lachen. »Du bist ja verrückt. So einfach kannst du hier nicht verschwinden.«

Seelenruhig ließ Sveva sich in den Sitz zurücksinken. »Klar kann ich das.«

»Du undankbare Irre. Du Biest.« Massimos Stimme zitterte vor Wut, aber Sveva bewahrte Ruhe.

»Wie du meinst. Aber lass uns jetzt keine Szene machen. Setz das Schreiben auf, ich schicke dir dann meine Adresse per SMS. Schönes Leben noch, Massimo.«

Sie drückte die rote Taste und warf das Handy auf den Beifahrersitz.

Ganz leicht fühlte sie sich; sie war wieder Herrin über ihr eigenes Schicksal. Es gab nichts, das sie bereut hätte. Sie nahm die Tasche, öffnete energisch die Autotür und war schon auf dem Feldweg. Nach einigen Schritten befand sie sich bereits hinter der Einfriedung. Ihre Converse rutschten über stoppeliges Feld und feuchte Erde.

Sveva sah zum Bauernhaus. Sie fragte sich, ob die Schleiereulen noch immer die schützende Dunkelheit zwischen den Steinen und den roten Dachziegeln unter dem Dachfirst suchten, so wie damals in den wilden Sommermonaten ihrer Kindheit, die sie in Umbrien verbracht hatte. Ferien, in denen Malvina ihr beibrachte, den Ruf der Schleiereule zu erkennen, und ihr Geschichten über Frauen erzählte, die sich in diese Vögel verwandelten, um frei durch die Nacht zu fliegen.

Das Haus stand zum Verkauf. Am Zaun hing ein schäbiges rosafarbenes Schild mit der Nummer eines Immobilienmaklers.

Sveva öffnete ihre Tasche, nahm das Handy heraus und speicherte sie.

Sie beobachtete, wie ihre Finger über die Tastatur glitten. Doch dann entschied sie sich, sofort anzurufen. Klingeln. Einmal, zweimal. Am anderen Ende der Leitung nuschelte eine männliche Stimme ein schlecht gelauntes »Hallo«.

Es war erst neun Uhr abends, aber der Mann hatte wohl schon geschlafen.

»Guten Abend. Ich rufe wegen dem Bauernhaus an.«

»Aha. Guten Abend. Wegen welchem denn? Dem in Passignano?«

»Genau. Ich bin sehr interessiert und würde es gerne besichtigen.« Überrascht bemerkte sie, wie sie mit der Hand in der Hosentasche nach dem Medaillon tastete, das sie aus Rom mitgenommen hatte. Eine unbewusste Bewegung, die sie fast augenblicklich bereute. Als hätte sie sich verbrannt, zog sie ruckartig die Hand zurück.

»Vielleicht morgen früh um zehn?«

»Morgen früh reise ich wieder ab.« Das war gelogen, aber Sveva wollte nicht warten. »Ich möchte es jetzt sehen.«

»Jetzt geht es nicht, außerdem kann man es bei Tageslicht viel besser besichtigen.« Auf das letzte Wort folgte ein Gähnen.

Sveva seufzte. »Hören Sie, ich habe eine lange Fahrt hinter mir, ich bin müde und kann das nicht mehr aufschieben ...«

»Signorina, es tut mir leid, aber jetzt geht es wirklich nicht«, sagte der Makler gereizt.

»Sie verstehen das nicht. Dieses Bauernhaus ist nicht irgendeins ...«

Am anderen Ende der Leitung herrschte Stille. Husten, dann: »Wie meinen Sie das?«

»Ich bin als Kind immer hergekommen und ...«

»Signorina, ich möchte wirklich nicht unhöflich sein.«

Sveva biss sich auf die Unterlippe, sie musste ihn auf jeden Fall umstimmen. »Was kostet es?«

»Das können wir morgen besprechen.«

»So eine Gelegenheit bekommen Sie nicht wieder.«

Schnaufen. »Einhundertzwanzigtausend Euro.«

»Sagen wir hunderttausend. In bar.«

Wieder Husten am anderen Ende der Leitung.

»Warten Sie dort auf mich. Ich bin unterwegs.«

Eine Viertelstunde später parkte eine schwarze Giulietta, neuestes Modell, in der Einfahrt.

Sveva saß auf der Eingangstreppe, betrachtete die Mondsichel am Himmel und rauchte eine ihrer filterlosen Zigaretten. Als sie den Makler aus dem Auto steigen sah, drückte sie sie aus.

Er trug eine helle Jeans und ein edles weißes Hemd. Von einer Parfumwolke umhüllt, trat er auf Sveva zu, die sich kurz abwandte, um frische Luft zu schnappen, dann aber aufstand und ihm mit ihrem schönsten Lächeln die Hand gab.

»Freut mich. Sveva Kadar.«

Der Makler musterte sie wie ein Casanova auf Jagd, ließ seinen Blick langsam von den Schuhspitzen bis zum Scheitel ihren Körper hinaufgleiten.

»Ganz meinerseits. Alberto Padini.«

Er stieg die Stufen zum Bauernhaus hinauf, darauf bedacht, seine Schuhe nicht zu beschmutzen.

Sveva folgte ihm. Einen Moment blieben sie im Eingang stehen, einer Loggia, deren Ziegeldach von steinernen Säulen getragen wurde. Sveva brauchte sich gar nicht umzuwenden, um alles wieder vor Augen zu haben; dieser Blick über den See, der, umschlossen von Hügeln, im Glanz der Lichter an seinen Ufern wie ein wertvolles Kleinod dalag. »Der See ist dein Freund«, hatte Malvina immer gesagt, »das Land deine Mutter.« Sveva spürte das Medaillon in ihrer Hosentasche, es wog schwer wie ein Stein.

Alberto zog einen Schlüsselbund hervor, entnahm ihm einen antik aussehenden großen Schlüssel und steckte ihn in das Schloss. Die Tür öffnete sich und entließ einen Schwall muffiger Luft.

Sveva nahm all ihren Mut zusammen und trat ein. Sie fürchtete sich vor nichts außer der Vergangenheit.

Mondlicht erleuchtete das Innere des Bauernhauses. Die Küche war genauso groß wie in ihrer Erinnerung. In der rechten Ecke stand ein Krug mit einem Strauß vertrocknetem, ausgeblichenem Lavendel. Bilder über Bilder erschienen ihr hinter den Lidern, die sie geschlossen hielt, um die Tränen zurückzuhalten. Sie erinnerte sich an einen Sommernachmittag: Malvina trug einen Strauß Lavendel im Arm, dessen Geruch sich in der Küche ausbreitete, und Ljuba zog einen Zweig heraus und steckte ihn ihr hinters Ohr.

Zähl bis zehn und mach dann die Augen wieder auf.

Der Terrakottaboden war mit schwarzen Flecken übersät und von einer dünnen Staubschicht bedeckt. Die Erinnerungen überwältigten sie. In der Mitte des Raums stand noch immer der lange Tisch, an dem sie und Malvina *Focaccia* und Hefezöpfe zubereitet hatten. Sie spürte, wie sich ihr Magen zusammenzog. All die Gefühle, die sie bis jetzt tief in ihrem Herzen verschlossen gehalten hatte, strömten nun mit ganzer Kraft heraus.

Sie konnte den klebrigen Teig aus Wasser und Mehl fast zwischen den Fingern spüren, den stechenden Duft der Kränze aus Lorbeer und Geranien riechen, die Malvina flocht, um die Mücken fernzuhalten, und den weichen Klang ihrer Stimme hören. Wie sanft ihr Gesicht war, wenn sie eine Scheibe Brot mit Öl vor Sveva stellte und ihr dann das Haar flocht.

Dann sah sie ihre Mutter mit ihren bunten klimpernden Ohrringen hereinplatzen, die sonnengebräunten Wangen voller Sommersprossen und den Geruch von Heu auf der Haut.

»Alles in Ordnung?« Alberto sah sie fragend an. »Fühlen Sie sich nicht gut?«

Sveva schüttelte den Kopf. »Nein, alles in Ordnung, mir ist nur ein wenig schwindlig.«

»Dann zeige ich Ihnen jetzt die Zimmer. Oder vielmehr das, was man jetzt noch sehen kann.«

»Nein, das ist wirklich nicht nötig. Ich nehme es.«

Alberto riss seine blauen Augen auf. »Sind Sie sicher?«

»Absolut.«

Sie sah in an und lächelte. Sie hatte das Gefühl, in die Arme ihrer Mutter, ihrer Schwester, von Malvina zurückgekehrt zu sein. Doch dann erinnerten sie Schmerz, Leere und der Gedanke an ihren Vater daran, weshalb sie wirklich hier war.

Ich weiß, du bist hier, Papà. Irgendwo unter den Steinen und Erinnerungen. Und ich werde dich finden.

5.

Seit einer Woche lebte sie nun hier.
Dank der Abfindung von der Agentur und dem Verkauf von Ljubas Wohnung hatte Sveva das Bauernhaus kaufen können und war jetzt dabei, es einzurichten. Auf einem Flohmarkt in Perugia hatte sie ein französisches Bett mit schmiedeeisernem Kopfteil erstanden, einen Schrank, einige Küchenregale und einen Gasherd, vier Bettlaken, Tischdecken, Teller und Gläser. Von den fünf Schlafzimmern im oberen Stockwerk hatte sie nur eines eingerichtet, die anderen blieben fürs Erste leer. Sie hatte partout nicht nach Florenz zu IKEA fahren wollen; sie wollte Möbel, die schon gelebt hatten und Geschichten von anderen Menschen erzählen konnten. Ausgefallene Einzelstücke. Keine Massenware. Menschen waren das schließlich auch nicht. Diese Möbel würden ihr Gesellschaft leisten.

In einem der beiden Badezimmer regnete es hinein. Dort hatte sie einige Eimer hingestellt, die das Wasser auffingen. Sasha hatte aus Indien angerufen und versprochen, im August zu Besuch zu kommen. Das war in etwa einem Monat, und es gab noch viel zu tun.

In der Küche setzte sie Kaffee auf, den sie in einer kleinen alten Rösterei in der Via Bonazzi in Perugia gekauft hatte, einem dieser Läden mit bunten Blechdosen im Fenster.

Sveva betrachtete den Kamin in der Küche: Er nahm fast die gesamte Wand ein. Davor standen zwei Holzbänke.

Wenn sie im Winter hier gewesen waren, hatte er immer gebrannt.

Sie und Ljuba hatten sich dann auf eine der Bänke gekuschelt und sich einen Spaß daraus gemacht, Stöckchen ins Feuer zu werfen. Ihre Mutter wickelte sie in einen Schal und drückte ihre Lippen auf Svevas Nacken. Dann erzählte sie ihr ungarische Märchen. Einige waren gruselig, andere handelten von fantastischen Tieren und legendären Helden. Sie schenkte sich ein Gläschen *Pálinka*, Obstbrand, ein und leerte es in einem Zug. Und wenn Sveva fragte, ob sie auch einen Schluck bekomme, lachte Ljuba und strich ihr über die Wange. »Das kannst du trinken, wenn du groß bist, mein Schatz.«

Sveva konnte noch immer die Wärme des Feuers, das sanfte Lächeln ihrer Mutter spüren. In Perugia hatte sie eine Flasche Rosen-*Pálinka* gekauft.

Sie goss sich Kaffee ein, nahm eine *Fila*, eine Stange umbrisches Brot, aus dem Schrank und schnitt eine dicke Scheibe davon ab. Die Krume war weiß und fest, es schmeckte nach Holzkohleofen und Hefe, fast so gut wie das von Malvina. Wie gut die Brötchen geduftet hatten, die sie für ihre Picknicks am See zubereitete! Ein ganzes Leben schien das her zu sein, und doch hatte sich hier nichts verändert. Der alte Kupferkessel hing noch immer an der Kette über dem Kamin, und auch die eiserne Schöpfkelle, mit der Malvina ihre Suppen gerührt hatte, war noch da.

Sveva erinnerte sich an jede Einzelheit, und während sie das Frühstück zubereitete, überkam sie schmerzliche Sehnsucht.

Sie ging hinaus und setzte sich auf die steinerne Veranda. Ließ den Blick über die Einfahrt schweifen, hinüber zum Garten, in dem das Gras kniehoch stand, die Rebstöcke, die der gewundenen Linie der Felder folgten, bis hin zur schimmernden Seeoberfläche. Von dort oben auf dem Hügel reichte die Sicht bis zum Städtchen Cortona, das eingeschmiegt in die Wälder wie eine schöne etruskische Signora dalag.

Eine leichte Brise strich sanft über ihre Haut.

Ob auch ihr Vater hier gesessen und so andächtig über diese Landschaft geblickt hatte? Ljuba hatte ihr verraten, dass er tiefgründig wie das Meer gewesen sei, aber was sollte das heißen? Wo kam er her? Sie wusste nur, dass sie hier vielleicht einen Teil seiner Geschichte finden konnte.

Sie tunkte das Brot in den Kaffee, und ihr Blick fiel auf die von Unkraut überwucherten Rebstöcke. Alles hier schimmerte golden und grün. Indigofarben war an diesem Morgen bloß der strahlende Himmel.

Diese Landschaft war noch genauso, wie sie sie in Erinnerung hatte, und sie fühlte sich vollkommen zu Hause, als wären all die Jahre nicht vergangen. Früher hatte sich Zefferino, Malvinas Mann, um die Weinstöcke und die Felder gekümmert, aber schon damals war er nicht mehr der Jüngste gewesen. Ob er wohl noch lebte?

Sie würde einen neuen Rasenmäher anschaffen müssen, der alte im Geräteschuppen war kaputt. Die Obstbäume beschneiden, die Blumenbeete säubern und neue Blumen pflanzen.

Aber zuerst musste sie die alten Stallungen ausmisten und überlegen, was mit ihnen geschehen sollte. Das riesige Gebäude mit den gekalkten Wänden wurde in der Mitte durch einen Rundbogen aufgeteilt. Alles war voller Staub, alter Geräte, Spinnweben. So war es, seitdem sie sich erinnern konnte; mit den Jahren war alles nur noch schmutziger und marode geworden.

Sie aß ihr Brot auf und trank den restlichen Kaffee.

Eine Sache gab es, die ihr in all den Jahren, die sie nicht hier gewesen war, gefehlt hatte. Sie ließ alles auf dem Tisch stehen, ging die Treppe hinunter in Richtung Geräteschuppen und dort nach rechts zum Garten.

Der uralte Olivenbaum war noch da. Sein Stamm verwachsen und voller Löcher, seine Krone schwer: der große Baum.

Sveva blieb stehen, dann tat sie etwas, das sie als Kind immer mit Malvina gemacht hatte – sie schloss die Augen und ließ sich allein von ihrem Instinkt leiten. Ihr Herz schlug zum Zerspringen, als sie nach der knotigen Rinde tastete und mit der Hand darüberglitt. Die tröstliche raue Empfindung brachte sie in ihre Kindheit zurück, aber das Herz des großen Baums gab keinen Laut von sich. Es schlug nicht mehr wie ihres. Hinter den geschlossenen Lidern nahm sie langsam einen Lichtschimmer wahr, wie von einem kleinen Edelstein.

Malvina, bist du das?
Ich wusste, du würdest heimkehren, Sveva.

Dann überschlugen sich ihre Erinnerungen. Malvina und sie, wie sie an den Zaun gelehnt saßen und plauderten.

Sveva versuchte, die Augen zu öffnen, aber ihre Lider waren wie zugenäht. Sie streckte eine Hand aus, um das Bild vor ihren Augen zu berühren, die Erinnerung war so lebendig, dass sie real wirkte.

»Was ist das in dem Medaillon an deiner Kette, Malvina?«

»Eine Ginsterwurzel. Sie steht für Mut und Lebenswillen. Für die Fähigkeit, Leid zu überwinden.«

»So etwas brauchst du doch nicht.«

Malvina sah sie ernst an. »Jede Frau braucht so etwas.«

Malvina, ich bin hier. Wenn du den Kopf hebst, kannst du mich sehen.

Sveva machte einen Schritt auf sie zu, eine Hand immer noch am Stamm des großen Baums.

Malvina, sieh mich an!

Die Äste des Olivenbaums rauschten, die Erinnerung verschwand, wie sie gekommen war. Sveva fiel auf die Knie und öffnete die Augen.

Du bist nur müde. Müde und erschöpft. Es gibt keine Magie.

6.

Passignano sul Trasimeno war eine wunderschöne, mittelalterliche Ortschaft, die inmitten üppiger Natur direkt am Seeufer lag.

Die Hügel waren bedeckt von Olivenbäumen und Besenheide, frühsommerlichem Ginster und gelbblättrigen Buchen, die sich im Herbst orangerot färbten. Der Nordwind brachte den Duft der Wälder mit sich und blies selbst im Sommer kräftig.

Einige der alten Bauernhäuser waren verlassen, andere von Deutschen oder Schweden gekauft und zu Sommerhäusern umgebaut worden.

Es gab nur noch wenige Bauern und noch weniger Fischer.

Nur die kleinen Holzboote, die im Pinienwäldchen im Zentrum ausgestellt waren, erinnerten noch an sie und natürlich an die traditionelle Küche, die vom heimischen Boden und Gewässer geprägt war.

Sveva ging hinunter ins Dorf, um Lebensmittel einzukaufen. Ein wenig Zerstreuung würde ihr guttun.

Sie lief über die Piazza dei Grifi, die einen so perfekten Kreis darstellte, dass er von Giotto hätte gezeichnet sein können. Dort befand sich die dorfälteste Bar mit großen weißen Sonnenschirmen über den eingedeckten Tischen. Sveva erinnerte sich noch gut an sie. Früher hatten sie an keinem Sonntag das Frühstück hier ausgelassen.

Drinnen war alles gleich geblieben, die Paris-Bilder hingen noch an den Wänden, ebenso wie die Schwarz-Weiß-Aufnahmen des Städtchens aus den Fünfzigerjahren.

Sie warf einen Blick auf das Gebäck in der Vitrine und sah vor ihrem inneren Auge Sasha, wie sie mit cremeverschmiertem Mund in ein Stück Gebäck biss. Ljuba neben ihr trank einen Kaffee. Sveva selbst saß zwischen den beiden und versuchte, dünne Streifen von den Servietten abzureißen.

»Was darf es sein?« Die Stimme riss sie aus ihren Gedanken.

Die Bedienung, eine blonde Frau um die fünfzig, zog die Brauen hoch, dann hellte sich ihr Gesicht zu einem Lächeln auf. »Bist du etwa Sveva? Die kleine Sveva Kadar?«

Sveva nickte. »Ciao, Anna.«

Die Signora kam sogleich hinter der Theke hervor und drückte ihr zwei schmatzende Küsse auf die Wangen. »Ich war mir nicht ganz sicher, als du hereingekommen bist. Das ist ja ewig her!«

»Ja«, antwortete Sveva.

»Setz dich, wohin du magst. Was möchtest du haben?«

»Einen Kaffee. Und hast du immer noch diese sensationellen *Bombe alla crema*?«

Anna nickte. »Ich hole dir eine aus der Küche, noch warm.«

Sie setzte sich an einen der Tische draußen.

Es gab keine Gelegenheit, sich mit Anna zu unterhalten – zu viele Gäste, die bedient werden mussten, bevölkerten die Bar. Sie aß den mit Vanillecreme gefüllten Krapfen, trank ihren Kaffee, stand schließlich auf, bestand trotz Annas Protest darauf, ihre Rechnung zu begleichen, und verabschiedete sich mit dem Versprechen, bald wiederzukommen.

Als sie wieder auf der Piazza war, konnte sie zwischen den Gassen die sonnenüberflutete Uferpromenade aufleuchten sehen. Das Wasser lag ruhig da und kräuselte sich nur, wenn die Wasserhühner und Haubentaucher abtauchten. Sie beschloss, einen Spaziergang zu machen, um diese Ruhe zu genießen.

Sie lief bis zum Steg, der wie ein langer weißer Arm aus Stahl über dem Wasser lag und zur Isola Maggiore wies. Einige Möwen flogen vom Geländer auf, als sie näher kam.

Sveva blieb stehen und ließ ihren Blick über den See wandern, über diese lichtglänzende blaue Fläche, die die wogenden Schatten der Berge mühelos überstrahlte, und sog dieses Bild in sich auf. Sie nahm ihr Handy und machte ein paar Fotos, wandte sich dabei wegen des besseren Panoramas nach links. Da sah sie ihn.

Zuerst fiel ihr seine Haarfarbe auf. Wie blasses Gold, durchflochten von Strähnen aus Licht. Sie machte einen Schritt vorwärts und konnte ihn so im Profil sehen. Der Mann, der etwa in ihrem Alter sein musste, saß auf den Stufen, die vom Steg ins Wasser führten, und beugte sich über ein Notizbuch auf seinen Knien.

Er wirkte völlig abwesend, wie jemand, der Zeit, Ort und sich selbst vergessen hat.

Sveva machte einen weiteren Schritt, dann noch einen und blieb schließlich hinter dem Mann stehen. Ihr fiel das Handy aus der Hand, und er drehte sich um.

»Entschuldigen Sie«, sagte sie, hob hastig ihr Handy auf und steckte es zurück in ihre Tasche. Der Mann sah sie schweigend an. Seine Augen waren so grün wie ein Wald im ersten Sonnenlicht, und sein Blick war ernst, als wäre er gerade aus einem schönen Traum gerissen worden.

Er fuhr sich mit der Hand durchs Haar und schnaufte. »Können Sie nicht ein Stück weiter da vorn spazieren gehen?«, fragte er mit einem starken Akzent.

Sveva sah ihn irritiert an und dachte, sie hätte sich verhört, aber sein finsterer Blick verriet ihr, dass er das wirklich gesagt hatte.

»Meinen Sie das ernst? Der Steg hier gehört doch allen.«

Er schlug sein Notizbuch zu und starrte sie an. »Ja, sicher, aber jetzt, in genau diesem Moment, gehört er nur mir. Genau wie der See, die Vögel und alles, was mich umgibt. Und wenn ich Sie in diesem Heft hier verewigen würde, dann würden auch Sie dazugehören. Ich habe gerade geschrieben, und Sie haben mich gestört.« Er öffnete den Rucksack zu seinen Füßen und steckte Heft und Stift hinein.

»Ich gehe spazieren, wo und wie es mir gefällt. Sie sind ja verrückt, wenn Sie tatsächlich meinen, jeden einfach hier wegschicken zu können.«

»Wahrscheinlich bin ich das.« Der Mann stand auf und warf sich den Rucksack über die Schulter. »Ich will Sie nicht weiter aufhalten. Schönen Tag noch.«

Sveva sah ihm ungläubig nach, als er an ihr vorbeiging und mit staksenden Schritten den Steg entlanglief.

Leute gibt's, dachte sie. Diese Ausländer kommen hierher und meinen, der See gehörte ihnen.

Um sich wieder zu fassen, blieb sie noch ein wenig auf dem Steg und konzentrierte sich auf eine über das Wasser gleitende Schwanenfamilie. Schließlich warf sie einen Blick auf die Uhr und stellte fest, dass sie sich zum Einkaufen würde sputen müssen.

Sie ging zum Obst- und Gemüseladen in der Straße, die zum Hauptplatz des Dorfes führte. Dort begutachtete sie die Ware: Äpfel mit einem fast unwirklichen Glanz, Frisée- und Kopfsalat, große goldene Zwiebeln, zu Zöpfen geflochtene Chilibündel.

Ein wahres Farbenfest, und am liebsten hätte sie alles gekauft.

Sie betrat den Laden. Als sie den Spinat sah, fiel ihr wieder ein, dass sie zum Abendessen Crêpes machen wollte, und der Duft nach Basilikum machte ihr Appetit auf Pesto. Der Laden war leer bis auf den Verkäufer und einen alten Mann, der alle Früchte anfasste, sie sich direkt unter die Nase hielt und daran schnupperte wie ein Trüffelhund. Sein Haar war weiß und fiel ihm bis in den Nacken, worauf ein Strohhut ruhte. Er war dünn, groß und hatte einen leicht gebeugten Rücken.

»Hör mal, mein Guter, wie oft habe ich dir schon gesagt, dass du die Ware nicht anfassen sollst?«, tadelte ihn der Verkäufer.

»Stell dich doch nicht so an! Wenn das hier wenigstens anständige Ware wäre.« Der Alte legte den Apfel zurück an seinen Platz. »Älter und verschrumpelter, als ich es bin. Den hier kannst du mir ja wohl schenken, oder?«

»Na gut«, seufzte der Verkäufer und fuhr fort, einen Weidenkorb auf der Theke zu säubern.

»Eine Zitrone hast du nicht zufällig?«, fragte der Alte.

Sveva sah ihn ungläubig an. Das war er. Er und kein anderer! Zefferino!

Der brummigste und beste Bauer der Welt. Ihr Zefferino.

Als hätte er ihre Gedanken gespürt, drehte er sich um. Er sah sie an, hob die Brauen, kniff die Augen zusammen, lebhaft und blau wie zwei türkisfarbene Pinselstriche. »Mich trifft der Schlag …«

Noch bevor Sveva etwas sagen konnte, hakte Zefferino sich bei ihr ein und zog sie nach draußen.

»He, Zeffirí, was ist jetzt mit der Zitrone?«, rief ihm der Verkäufer noch nach.

»Kannst du dir heute Abend in deinen Kamillentee pressen«, gab der Alte gut gelaunt zurück.

Unter dem Balkon des alten Rathauses blieben sie stehen, Zefferino hatte sie noch immer untergehakt. Dann schloss er sie fest in die Arme.

»Meine *cocca*«, seufzte er, meine Kleine – mit diesem Kosenamen hatte er sie als Kind gerufen.

Sveva warf ihm einen liebevollen, ungläubigen Blick zu. »Wie hast du mich erkannt?«

»Es gibt nicht viele Mädchen mit so rotem Haar.«

»Das stimmt wohl«, bejahte sie.

»*Che ci fè di qui*? – Was machst du hier?«

»Ich habe das Haus gekauft.«

Zefferino riss die Augen auf. »Welches? Du meinst *das* Haus?«

»Genau.«

»Bist du noch bei Trost? Das ist doch kurz, davor auseinanderzufallen.«

»Ich richte es wieder her.«

Zefferino hatte sich nicht sehr verändert, wie ein Krieger in der Schlacht stellte er sich noch immer gegen die Welt. Unbeugsam und fröhlich, burschikos und geradeheraus, trotz seines hohen Alters. Er erinnerte Sveva an den großen Baum. Sie sah ihn an. Sah ihn sehr genau an. Er war dünner, als sie ihn in Erinnerung hatte, seine alte, an den Knien mit Erde verdreckte Jeans rutschte ihm über die Hüften. Sein Gesicht hatte die Bräune der Feldarbeiter angenommen, die Haut spannte an den Wangenknochen, und um seine tiefliegenden Augen hatten sich zahlreiche Falten gegraben. Aber Zefferino gab nicht klein bei, er hielt sich aufrecht. Seine widerspenstige Seele in ihrer kauzigen Hülle hatte sich von der Zeit nicht zum Schweigen bringen lassen. Sveva hätte wetten können, dass er noch immer liebend gern mit seinem roten Traktor über die Felder ratterte.

»Und wie geht es Sasha? Ist sie auch hier?«

»Sasha lebt seit einiger Zeit in Indien, sie arbeitet als Ärztin in einer Mission«, antwortete Sveva und fürchtete sich vor der nächsten Frage.

Lieber Gott, mach, dass er nicht fragt.

Aber die Frage kam, und wie immer war sie nicht darauf vorbereitet.

»Und Ljuba?«

»Hören Sie nicht auf ihn, Signorina. Er ist ein alter, verhärmter Kommunist.« Ein junger Pfarrer kam mit einem Windhund an der Leine auf sie zu. »Zefferino, wirst du jemals zur Messe kommen?«

Der Bauer verdrehte die Augen gen Himmel. »Ich stehe mit einem Bein im Grab, und Ihr habt es noch immer nicht aufgegeben?«

Der Pfarrer lachte aus voller Kehle. »Ich vertraue auf Gott.« Dann sah er Sveva an und streckte ihr seine Hand entgegen.

»Ich bin Don Carlo, der Pfarrer hier im Ort.«

Sveva nahm seine Hand und schüttelte sie herzlich. »Freut mich, Sveva Kadar. Ich bin noch nicht lange hier und …«

»Na los, Don Carlo! Ihr habt doch schon Malvina bekehrt«, ärgerte Zefferino ihn.

Der Pfarrer beugte sich hinunter und streichelte den Hund. »Eine heilige Frau, gesegnet mit Duldsamkeit.« Der Hund stupste mit der Schnauze nach der Hand des Mannes. »Ich muss los, Lilli kann nicht so lange stillhalten.« Er warf Sveva einen Blick zu. »Ich hoffe, Sie kommen in die Kirche, Signorina. Und hören Sie nicht auf Zefferinos Geschwätz.« Dann machte er sich auf den Weg, drehte sich noch einmal um und winkte.

»Blödmann«, murmelte Zefferino und rückte seinen Hut zurecht. »Kommst du heute Abend zum Essen? Malvina wird sich freuen, dich zu sehen.«

Sveva verband mit ihr noch immer den Duft von selbstgemachter Kernseife und den Geschmack von Pappardelle mit Wildschwein, die sie im Bauernhaus zubereitet hatte. Ihr Lachen, ihre Magie hatten sich unauslöschlich in ihre Erinnerung gebrannt.

»Ich möchte nicht stören.«

»Du und stören?« Der Bauer strich ihr über die Wange. »Erzähl keinen Quatsch. Eigentlich hättest du uns sofort besuchen müssen. Wir erwarten dich um sieben.«

Sveva lächelte, und er umarmte sie.

Zefferino wiederzusehen hatte sie so sehr aufgewühlt, dass sie es nun kaum abwarten konnte, auch Malvina und ihr wunderbares Bauernhaus wiederzusehen. Dieses traditionelle Steinhaus aus einer anderen Zeit, mit seinen Taubennistplätzen im Giebel. Es lag inmitten weiter Felder, denen Getreide und Ginster im Sommer einen schönen Goldton verliehen, war umgeben von Weinbergen, Wäldern, uralten Olivenbäumen.

Zefferino und Malvina lebten schon immer dort. Oder zumindest schien es Sveva so, als sie in der Einfahrt parkte und sich mitten in einer Gänseschar befand, die flügelschlagend das Weite suchte.

Die Dämmerung färbte nun den Himmel feuerrot, und nach der drückenden Hitze des Tages war die Luft mild und frisch.

Sveva konnte den Herzschlag dieser Natur in ihrem Inneren spüren. Oder vielleicht hatte sie ihn auch nie vergessen.

Es war ein Zauber, den sie ihr ganzes Leben versucht hatte wiederzufinden. Er hatte sie zurück in die Arme dieser umbrischen Natur getrieben, und nun versuchte sie, ihn wieder einzufangen, um wiederzufinden, was ihr verloren gegangen war. Sie musste wieder an Zauber und Magie glauben, daran, dass sie nun wieder Kind werden und sich an ihren schützenden Wurzeln festhalten konnte, nun, da ihr Leben in tausend Stücke zersprungen war.

Ihr langer Rock spielte um ihre Waden, als sie die Stufen hinaufging.

Auf der von steinernen Säulen getragenen Veranda stand der gedeckte Tisch. Eine schneeweiße, mit Assisi-Stickerei verzierte Tischdecke, eine Vase mit drei Sonnenblumen und Teller aus Terrakotta.

Noch bevor sie klopfen konnte, öffnete sich die Tür, und die mit einem roten Band über dem Türsturz befestigte goldene Glocke fing an zu bimmeln.

So oft hatte Sveva als Kind dieses Geräusch gehört, wenn Ljuba ihr hastig einen Abschiedskuss gab und sie dann in Malvinas Armen zurückließ. So oft hatte sie geweint, an die Brust ihres geliebten Kindermädchens gedrückt, das sie in ihren Armen wiegte und ihr versprach, die Mamma sei ja bald wieder da. Und um sie zu beruhigen, backte sie dann große Kekse in der Form von Puppen, deren Duft nach Zitrone und Zucker sie tröstlich einlullte.

Nun stand Malvina vor ihr in der Türöffnung und sah genauso aus wie in ihrer Erinnerung. Ein schwarzes Tuch um den Kopf, Augen wie kleine grüne Achatsteine in dem pausbäckigen Madonnengesicht.

Eine Schönheit vergangener Zeiten war ihr eigen, und dieser fügte sie nur ein wenig natürliches Rot auf den Wangen hinzu. Sie sagte nichts, nahm Sveva einfach nur fest in ihre Arme. Sie roch noch immer nach Kernseife und frisch gebackenem Brot.

Sveva ließ sich von Malvinas kräftigen Armen umschließen, sich an ihre Brust drücken. Eine tiefe Ruhe überkam sie.

In der großen Küche war alles so geblieben, wie Sveva es in Erinnerung hatte, auch der abgenutzte Sessel, auf dem sie als Kind so gerne gesessen hatte, war noch da.

An der Wand neben dem Kamin stand nun allerdings ein

Regal, das sie nie zuvor gesehen hatte. Es war mit Büchern nur so vollgestopft, einige ordentlich nebeneinander aufgereiht, andere einfach übereinandergestapelt.

»Setz dich, mein Schatz. Zefferino wird jeden Moment hier sein, er ist noch mit dem Traktor auf dem Feld eines Nachbarn. Möchtest du ein Glas Wein?«

»Ja, gern«, antwortete Sveva.

Malvina holte aus dem Schrank unter dem Waschbecken eine Flasche hervor. Sie nahm ein Glas aus der Vitrine, stellte es auf den Tisch und goss eine schwarze Flüssigkeit ein.

Sveva hob das Glas und roch daran. Der Wein duftete nach Brombeere, Wacholder und Moschus. Kleine Harztropfen schwammen an seiner Oberfläche.

Er weckte in ihr die Erinnerung an den Wald, an den über ihre nackten Füße fließenden Bach, an das Herbstlaub und die letzten Sonnenstrahlen des Tages.

Er schmeckte sehr kräftig, fast wie Likör, nach altem Holz, nach Schwarz-Weiß-Fotos und gestohlenen Kirschen. Und er lief zäh wie Sirup die Kehle hinunter.

»Ein guter Jahrgang. Vielleicht kannst du dich noch daran erinnern.«

Sveva nahm noch einen Schluck und spürte, wie ihr die Tränen kamen. Aber, so dachte sie, das ist nur die Aufregung, wieder hier zu sein.

Doch sie war an einem anderen Ort. Zu einer anderen Zeit. Und die Erinnerungen waren zu schnell, als dass Sveva sie hätte festhalten können.

In der Hitze verdorrten die Felder, brannten ihre Gesichter.

Sie standen lachend im Holzbottich, bis zu den Knöcheln in blauen Trauben versunken. Traten die großen Trauben und lachten.

Jede Geste, einfach alles, brachte sie zum Lachen. So ist es, wenn man glücklich ist. Die Hühner pickten auf der Tenne herum, die Wäsche hing auf langen Leinen zum Trocknen aus.

Sveva und Sasha aßen Äpfel und stampften die Trauben, ihre Rocksäume in die Unterhosen gesteckt, mit nackten Beinen, die leuchtenden Augen gen Himmel gerichtet.

»Strengt euch mal ein bisschen mehr an, *cittine*, sonst dauert das hier noch bis übermorgen«, mahnte Zefferino, der auf einem Hocker saß und Trauben von Blättern befreite, und Malvina füllte den Most in Ballonglasflaschen ab und sang mit ihrer reinen, kristallklaren Stimme.

Sie goss ein wenig zähe, purpurne Flüssigkeit in die Gläser und schnitt die *Torta al testo*, ein umbrisches Fladenbrot, an, die sie am Morgen zubereitet hatte. »Sasha! Sveva! Essen ist fertig!«, rief sie und sang weiter.

»Und für mich nichts?«, brummte Zefferino.

Sie schenkte ihm ein verschmitztes Lächeln, das an ihren Mundwinkeln zwei Grübchen zum Vorschein brachte. »Noch mehr? Meinst du nicht, du hast schon genug getrunken?«

Zefferino stand auf, zog sich den Strohhut in die Stirn, legte seiner Frau die Arme um die Taille und küsste sie auf den Mund.

»Jetzt sag das noch mal.«

Malvina lachte laut auf und nahm noch ein Glas.

Sie aßen auf einer ausgebreiteten Decke auf der Tenne und sprachen über das Wetter, die gute Qualität der Trauben in diesem Jahr, den trotz der großen Hitze sich neigenden September.

Da kam Ljuba mit einem großen Strauß Feldblumen im Arm, in einem weißen, an mehreren Stellen mit bunten Flecken besprenkelten Kleid, einem Strohhut mit breiter Krempe, den Sie auf die Decke warf, um sich dann die Sandalen auszuziehen.

»Komme ich noch rechtzeitig zum Arbeiten?«, fragte sie.

Dann nahm sie ihre Töchter an den Händen, küsste sie und flocht ihnen Blumen ins Haar.

Zu dritt stiegen sie noch einmal in den Bottich, die Arme umeinander gelegt, und ließen einander nicht wieder los.

7.

Eine sanfte Berührung an ihrem Gesicht.
Malvina streichelte ihr die Stirn. »Nicht weinen, mein Schatz.«

Sveva bemerkte, dass sie noch immer im Sessel saß, das leere Glas in der Hand. Ihr Kopf war schwer, ihr Gesicht feucht. »Was ist passiert? Ich weiß überhaupt nichts mehr ... Der Wein. Tut mir leid.« Peinlich berührt stand sie auf.

»Mach dir keine Gedanken, du bist hier doch wie zu Hause. Dieser Wein ist sehr besonders, und nur besondere Menschen sprechen auf ihn an.« Malvina lächelte. »Du musst mir noch so viel erzählen. Wir haben so viel nachzuholen, aber jetzt ist schon fast Essenszeit. Hilf mir mal, die *Torta* auf den Tisch zu bringen, Zefferino wird sicher ganz ausgehungert sein. Wir reden dann später.«

Die *Torta al testo* duftete wunderbar. In ihrem ganzen Leben hatte Sveva nicht wieder eine wie die von Malvina gegessen.

»Die mochtest du schon immer gerne. Weißt du noch, wie du eine unter der Matratze versteckt hast, um sie in der Nacht zu essen? Und am Morgen war alles voller Krümel.«

»Und Sasha war wütend, weil ich ihr nichts davon übrig gelassen habe.«

Sie warfen sich einen vielsagenden Blick zu.

»Und als ihr den Hahn freigelassen habt«, schaltete Zefferino sich ein und schlug sich mit der Hand an die Stirn.

»Und wie du rennen musstest, als er dir hinterherlief«, fügte Malvina hinzu und versuchte erfolglos, ein Lachen zu unterdrücken.

»Und die beiden Wirbelwindmädchen haben sich totgelacht.«

Sveva legte Malvina die Hand auf den Arm. »Das alles hat mir so sehr gefehlt, und ich habe in all den Jahren so oft an euch gedacht.«

Malvina schenkte sich Wasser ein. »Es war ein harter Schlag für uns, nicht wahr, Zefferino? Die Deutschen, die das Bauernhaus dann kauften, waren so reserviert. Sie blieben nur für sich, wollten mit niemandem etwas zu tun haben. Meine beiden Mädchen haben mir so sehr gefehlt!« Aufgewühlt wandte sie den Blick ab.

»Und Sasha? Wie geht es ihr?«, fragte Malvina dann.

Sveva zögerte, verjagte eine Fliege aus ihrem Gesicht.

»Ich habe schon eine Weile nichts mehr von ihr gehört, aber ich glaube, es geht ihr gut.«

»Warum lädst du sie nicht ein? Ich würde sie so gern noch einmal in den Arm nehmen.« Hoffnung blitzte in Malvinas Augen auf.

»Sie will bald kommen. Aber zuerst möchte ich noch ein wenig Ordnung schaffen. Wenn alles, oder wenigstens fast alles, so ist, wie ich es mir vorstelle, werde ich eine Feier machen. Was meinst du, Malvina?«

Malvina nickte. »Es hat mir gefehlt, mit euch zu lachen, Sveva. Dieses Leben, das aus dem Bauernhaus unsere glückliche Insel gemacht hat, hat mir gefehlt.«

»Es wird wieder so werden, ganz wie früher.«

Kann zurückkehren, was einst verloren gegangen ist?

»Und Ljuba?« fragte Malvina plötzlich. »Geht es ihr gut?«

Sveva schluckte. Sie sah von ihrem Teller zu Malvina auf, konnte ihr aber nicht antworten.

Malvina nahm ihre Hand und drückte sie.

Sveva spürte ihren und Zefferinos liebevollen Blick. *Ich werde nicht weinen.*

»Sie lebt nicht mehr«, antwortete sie nur, als ob die Last auf ihrem Herzen mit Malvinas Berührung leichter geworden wäre. »Sie ist letztes Jahr gestorben. Magenkrebs.«

Malvinas Finger verflochten sich mit ihren, sie hielt die Luft an und atmete dann langsam aus. Sveva senkte den Blick, sah dann Malvina wieder an. Sie konnte die Tränen zurückhalten wie ein braves Mädchen. Malvina hingegen ließ ihren Tränen freien Lauf.

»Wir sind bei dir, *cittina*. Du bist nicht allein.«

Die Erinnerung an Ljuba stand nun greifbar im Raum, und anstelle der vorherigen Leichtigkeit war Trübsinn getreten.

Der Duft der Citronella-Kerzen begleitete ihr Mahl, sie reichten einander Cinta-Senese-Schinken und wilden Chicorée, den Malvina noch am Morgen gesammelt hatte. Als sie die Sommer noch im Bauernhaus verbrachten, gingen sie oft alle zusammen zum Weg, der von Passignano nach Torricella führte, um Chicorée zu suchen. Der Weg war von endlosen Kornfeldern gesäumt, die ans Wasser grenzten. Das waren Tage, an denen die Sonne ihnen die Gesichter verbrannte, aber auch Tage der kleinen Wunder: das Quaken der Laubfrösche im Bach, der Tanz der Libellen, die federleichten Früchte der Pusteblume, die man in die Welt hinausblies in der Hoffnung, ein Wunsch werde sich erfüllen. Die Schmetterlinge mit den orange-schwarzen Flügeln, die Kunststücke der Raupen, die zu ihren Verstecken hoppelnden scheuen Hasen. Und Ljuba, die Ginsterkränze flocht und in die Sonne lachte.

Diese Erinnerungen waren noch so lebendig, dass es Sveva schien, als wären seitdem nicht Jahre, sondern nur ein paar Stunden vergangen.

»Ich möchte auf Ljuba trinken.« Zefferino hob sein Glas. »Ich bin sicher, dass sie uns zusieht und nichts für unsere traurigen Gesichter übrig hat. Sie hat das Leben doch so geliebt.«

Sveva und Malvina nickten und erhoben ebenfalls ihre Gläser. »Auf Ljuba!«, riefen sie gemeinsam. »Auf Ljuba und das Leben!«

Genau wie damals lag auch jetzt der Duft von Ginster in der Luft. Die Sträucher mit den gelben Blüten umstanden Malvinas und Zefferinos Haus und tauchten die Hügel fast bis unter den Turm von Monte Ruffiano in ein Leuchten. Im Licht des orangefarbenen Sonnenuntergangs erstrahlte das Gelb in einem goldenen Ton.

»Heute haben wir das Getreide auf der Ebene beim Ponte dei Tocci eingeholt«, erzählte Zefferino zwischen zwei Bissen. »Und dann habe ich unserem neuen Nachbarn hier aus den Hügeln mit dem Traktor geholfen.«

»Ich habe ihn ein paarmal im Dorf gesehen«, versuchte Malvina die Unterhaltung in Gang zu halten. »Ich finde, er wirkt ein bisschen einsam. Vielleicht laden wir ihn demnächst mal auf ein Glas Wein ein.«

Zefferino nahm noch ein Stück von der *Torta*. »Ein netter *frego*. Einer, der anpackt. Hat sich in den Kopf gesetzt, das komplette untere Stockwerk von seinem Haus umzubauen, weil er ein Gasthaus aufmachen will. Ich habe ihn gefragt, ob er nicht genug zu tun hat mit dem ganzen Grundstück und den Büchern, die er schreibt. Aber er hört auf niemanden: In der einen Hand hält er einen Spaten, in der anderen einen Stift.«

»Ist er Schriftsteller?«, fragte Sveva neugierig.

»Das behauptet er jedenfalls. Ich bin ja nur bis zur fünften

Klasse gegangen, aber er hat mir vier Bücher gezeigt, auf denen sein Name stand. Muss einigermaßen bekannt sein, da, wo er herkommt.«

»Ein neuer Nachbar ist immer etwas Schönes«, warf Malvina ein und nahm sich Wein. »Schriftsteller oder nicht.«

»Morgen leiht er sich unsere Motorsäge. Er hat gesagt, er muss ein paar Obstbäume beschneiden.«

»Aber um diese Jahreszeit macht man das doch gar nicht«, murrte seine Frau.

»Sag das ihm. Er besteht drauf. Er sagt, da, wo er herkommt, macht man das um diese Jahreszeit.«

Sveva ließ ihren Kopf auf die Stuhllehne sinken. Das Geplauder von Malvina und Zefferino klang in ihren Ohren wie ein altes geliebtes Lied. In weite Ferne gerückt war der kollabierende Verkehr von Rom, der Neid und die Eifersüchteleien in der Agentur, die Heucheleien.

Die hippen Bars, in denen doch nur Einsamkeit herrschte.

Der Schmerz.

Zefferino und Malvina waren dieselben geblieben. Mit jeder Geste brachten sie einander Liebe und Respekt entgegen.

»Deine Weinstöcke müsste man auch mal wieder in Ordnung bringen«, stellte Zefferino fest. »Sveva, hörst du mir zu?«

Sie zuckte zusammen und kniff die Augen zu. »Ich weiß gar nicht, wo ich da anfangen soll.«

»Ich muss doch auch irgendetwas zu tun haben.« Er lachte und schüttelte den Kopf.

»Ich möchte nicht zu viel verlangen …«

»Es war ziemlich abenteuerlich von dir, das Bauernhaus zu kaufen. Aber ich bin sicher, dass wir das wieder hinkriegen.«

»Das hoffe ich sehr. Ich muss zugeben, dass mir beim Kauf nicht ganz klar war, in was für einem schlechten Zustand es tatsächlich ist.«

»Na, komm.« Malvina legte ihr noch etwas Schinken auf den Teller. »Du hast dir doch jetzt ausgesucht zu leben, wie und wo du möchtest, oder?« Dann sah sie ihr in die Augen. »Ljuba hat dieses Haus geliebt.«

Sveva schwieg, fuhr sich dann mit der Hand übers Gesicht. Plötzlich war sie sehr müde. »Ich weiß«, seufzte sie. »Ich habe das Bauernhaus auch geliebt. Sonst hätte ich es nicht gekauft. Aber ich habe das Gefühl, dass das alles hier eine Nummer zu groß für mich ist.«

Zefferino und Malvina wechselten einen Blick.

»Das wird schon. Jetzt iss erst mal. Und morgen sehen wir weiter«, ermutigte sie die Frau und strich ihr über die Wange.

Sveva nickte halbherzig. Malvina war schon immer ein Fels in der Brandung gewesen. Eine, der die Unwägbarkeiten des Lebens nichts anhaben konnten. Eine, die ein Lächeln und Geduld für die beste Medizin für alles und jeden hielt. Und als Sveva sie jetzt so ansah, mit diesem zuversichtlichen Lächeln im Gesicht, hätte auch sie gern daran geglaubt.

So, wie sie früher daran geglaubt hatte, wenn Ljuba an den Sommerabenden mit irgendeinem Mann ausging und sie allein ließ. Dann nahm Malvina sie und ihren Plüschhasen Battuffolo, von dem sie sich nie trennte, mit nach Hause. Dort bettete sie sie in das Bett mit dem hohen schmiedeeisernen Kopfteil, in dem sie, klein wie sie war, fast verschwand. Es sei das Bett einer sehr großen Frau gewesen, erzählte ihr Malvina, einer Frau, die alle für verrückt gehalten hatten. Und diese Frau habe ihr alles beigebracht, habe sie geschult, die Schönheit der Natur so wahrzunehmen, wie es nur wenigen gelingt. Nur wer demütig und dankbar seine Erde liebe, wer nicht mehr als das Nötigste von ihr nehme und sich dafür erkenntlich zeige, nur der könne diese Macht spüren, die Kraft und Harmonie der Großen Mutter Natur, erklärte Malvina ihr. So wiegte die Bäuerin sie mit ihren Geschichten in den Schlaf. Erzählte von ihrer Kindheit in ärmlichsten Verhältnissen, vom Trost, den sie in der Natur fand und in dem Medaillon, das sie ihr mit dem Rat, es immer zu tragen, geschenkt hatte.

»Wenn du traurig bist«, sagte Malvina und strich ihr über die Stirn, »verleiht dir die Ginsterwurzel Kraft.«

Dann drückte Sveva das Medaillon in ihrer kleinen Faust und schlief ein.

Sveva trug das Medaillon nicht mehr bei sich, sie hatte es zu Hause gelassen und erinnerte sich nicht einmal mehr daran, wo genau. Aber irgendetwas in ihr glaubte an seinen Zauber.

»Willst du nichts mehr essen? Du bist so dünn, Liebes, nimm doch noch ein Stück *Torta*.«

Malvinas Stimme holte sie in die Wirklichkeit zurück. Sie hatte sich schon immer Sorgen gemacht, weil Sveva so wenig aß. Es war auch ihre Art zu zeigen, wie gern sie sie hatte. Sveva nickte und nahm sich direkt vom Brett. Die *Torta* zerging auf der Zunge; sie schmeckte nach Getreide, Liebe und Geduld.

Malvina besaß immer noch diese magische Gabe, mit der sie jedem Rezept, auch dem allerschlichtesten, einen außergewöhnlichen Geschmack verlieh. Sie bat Sveva, mit ihr noch etwas von der *Torta* aus der Küche zu holen, denn sie hatten fast alles aufgegessen.

Sveva nahm die leeren Schneidebretter und folgte ihr.

»In Rom habe ich oft an deine *Torta* gedacht«, sagte sie zu Malvina, während sie Stücke von den noch warmen Fladen abschnitten. »Du hast weder deine spezielle Gabe verloren noch deine geblümte Schürze abgelegt.«

Die Frau lachte herzlich. »Ich hänge eben an meinen Sachen. Vielleicht, weil ich alt werde.«

»Früher oder später wirst du mir das Geheimnis verraten müssen. Es wäre nur zu schade, meinen schönen Kamin in der Küche nicht zu benutzen.«

Malvina strich sich die Schürze glatt, dann sah sie Sveva liebevoll an. »In all den Jahren habe ich euch immer Weihnachts- und Ostergrüße geschickt. Aber von dir oder Sasha kam nie eine Antwort. Ich dachte schon, ihr hättet uns vergessen.«

»Ich weiß, und es tut mir leid. Mamma richtete uns die Grüße aus, nur … Ich ertrug den Gedanken einfach nicht, nicht mehr herzukommen …« Sveva schwieg abrupt. In Wahrheit hatte sie alle Verbindungen kappen, alle Erinnerungen begraben wollen.

»Ich mache dir keinen Vorwurf, Sveva, und auch Sasha nicht. Ich wusste, dass du irgendwann zurückkommen würdest. Wenn man einem Baum die Wurzeln abschneidet, dann stirbt er.« Sie strich ihr über die Wange. »Ich bin froh, dass du hier bist.«

Sveva drückte ihre Hand. »Ich auch.«

Das stimmte. Hier würde sie sich Ljuba viel näher fühlen, als sie das jemals in Rom gekonnt hätte. Und vielleicht würde sie hier auch ihrem Vater näherkommen.

»Du trägst das Medaillon nicht mehr«, stellte Malvina fest.

Instinktiv legte Sveva die Hand an ihren bloßen Hals. Sie schämte sich wie ein Kind, das beim Stehlen von Marmelade ertappt worden war.

»Hast du es verloren?«, fragte Malvina ernst.

»Nein, ich habe es nur abgenommen und vergessen wieder anzulegen.«

»Glaubst du etwa, du brauchst es nicht mehr?«

»Ich bin nicht mehr das Kind, das an Magie glaubt.« Sveva wurde ungeduldig.

»Aber genau deshalb bist du doch hier, Sveva.«

8.

Das Medaillon und Malvinas Worte wollten Sveva nicht aus dem Kopf gehen und verdarben ihr den Appetit. Dieses Stück Tand war ihr nie wichtig gewesen, und sie wusste nicht, warum es das für Malvina war. Ein Medaillon aus unechtem Gold, in dem eine vertrocknete Wurzel steckte.

Weder hatte das Medaillon ihr geholfen, noch hatte es ihr Trost gespendet. Sie war allein groß geworden, und allein hatte sie den Schmerz über Ljubas Tod ertragen. Und das Bauernhaus aus eigener Kraft gekauft.

Niemand hatte jemals mit dem Versprechen eines glücklichen Lebens an ihre Tür geklopft. Und ja, sie sehnte sich nach einer richtigen Familie. Nach einer, die so war wie in der Fernsehwerbung und sie immer daran erinnerte, wie anders ihre eigene war. Ein Kind ohne Vater ist wie eine Pflanze ohne Wurzel. Sie hatte versucht zu blühen, aber je älter sie wurde, umso steiniger und weniger fruchtbar wurde die Erde, in der sie steckte. Sie hatte weitergemacht, sich von dieser Last befreien, daran scheitern oder sie überwinden wollen. Und hatte es geschafft, hatte sich ein Leben aufgebaut, für das sie einen hohen Preis zahlte. Diese Vaterlosigkeit hatte eine Leere in ihr hinterlassen, einen Abgrund, der ihre Träume verschluckte. Das Medaillon war nur ein Trost gewesen, etwas, an das sie glauben konnte. Aber diesen Glauben hatte sie längst verloren.

»Wir müssen das Land wieder urbar machen.« Zefferinos klare Stimme durchbrach die Stille, er war schon immer praktisch veranlagt gewesen, die Erde, das Land kamen für ihn an erster Stelle. »Zum Sähen ist es jetzt zu spät, aber man kann mit dem Traktor die Erde umgraben.«

Sveva nickte und konzentrierte sich nun wieder auf die Realität. »Ich dachte, man könnte tageweise jemanden einstellen. Wir brauchen noch Leute. Du und ich, wir können das nicht alles allein machen.«

Malvina gab eine Handvoll Kirschtomaten auf Svevas Teller. »Du hast alle Zeit der Welt, Liebes. Und du, Zefferino, lass sie in Ruhe.«

Zefferino schnaufte. »Nur wenn du uns nach dem Essen einen Holunderlikör bringst.«

Sveva lächelte. »Ich habe noch gar keinen Namen für das Haus«, stellte sie fest und streckte ihre Beine unbekümmert auf dem Mäuerchen der Veranda aus. »Das ist wichtig. Alles, was ich liebe, trägt einen Namen.«

»Es sollte etwas Persönliches sein, etwas von dir«, überlegte Malvina laut. »Ich würde dir ja einen Namen raten, der mit den Wäldern oder den Tieren hier verwoben ist, aber das wäre zu gewöhnlich.«

»Ja, ich werde noch darüber nachdenken. Vielleicht komme ich im Traum darauf.«

»Träume sind immer gute Ratgeber«, bestärkte Malvina sie und erhob sich. »Ich glaube, ich sollte noch eine Flasche Wein holen.«

Als Zefferino sah, dass Sveva erschauderte, legte er ihr seine Strickjacke um die Schultern. Sie kuschelte sich hinein und schenkte ihm einen dankbaren Blick.

Langsam war die Nacht angebrochen, vom See her wehte ein leichter Wind, und der Himmel leuchtete in einem tiefen Blau.

Sveva stand auf und setzte sich zwischen die bunten Geranien und die Citronella-Kerzen auf das Mäuerchen der Veranda.

Sie blickte hinauf in den Himmel und betrachtete die Sterne.

Ganz klar konnte sie die leuchtenden Himmelskörper ausmachen, so klein und vollkommen.

Wäre ihr einer in den Schoß gefallen, hätte sie sich nicht gewundert, so nahe erschienen sie ihr.

In Rom war es fast unmöglich, einen klaren Sternenhimmel zu sehen.

In Rom lagen alle Dinge unter einem Grauschleier.

Aber an einen Abend erinnerte sie sich. Sie, Ljuba und Sasha betrachteten vom Monte Mario aus die Sterne, jede ein Eis in der Hand, die Stadt zu ihren Füßen. Ihre Mutter sagte, man müsse sich nur einen Beschützerstern aussuchen, und von diesem könne man sich dann etwas wünschen.

»Bei mir ist es so gewesen«, erzählte sie ihren Töchtern und betrachtete Roms Lichter. »Der Stern hat meinen Wunsch erfüllt.«

Und ein Tränenschleier legte sich über ihre Augen.

Sveva hatte nie erfahren, was ihre Mutter sich damals gewünscht hatte, aber jetzt, da sie mit in den Nacken gelegtem Kopf das leuchtende Bild der Nacht betrachtete, wünschte sie aus ganzem Herzen, ihren eigenen Beschützerstern zu finden. Dieser Abend mit Sasha und ihrer Mutter war so weit weg, und auch Rom war so weit weg, obwohl sie es gerade erst verlassen hatte.

In den Jasminsträuchern sangen die Grillen, und in der Luft lag die Süße des ganzen Sommers. Die Zeit tanzte auf dem leuchtenden Glimmen der Glühwürmchen zwischen dem Oleander.

»Ich weiß, dass es schwer ist, Liebes.« Malvina erschien an ihrer Seite und legte ihr den Arm um die Schulter.

Sveva seufzte. »Alles ist schwer, wenn man allein ist.«

Malvina nahm ihr Gesicht in die Hände. »Das bist du nicht. Du bist nicht allein.«

»Außer Sasha habe ich keine Familie mehr. Habe ich nie gehabt. Und du weißt das.«

»Was genau ist denn eine Familie?«

Ein Funken Ärger blitzte in Svevas Augen auf. »Ein Kind ohne Vater, mit einer Halbschwester und einer Hippiemutter … Schöne Familie.«

Malvina sah zu den Hügeln in der Ferne. Sie schwieg. Sie wusste nur zu gut, wie es sich anfühlte, ein vergessenes Kind zu sein.

»Versprich mir, dass du das Medaillon suchen und wieder tragen wirst. Es ist egal, ob du daran glaubst.«

Sveva senkte den Blick. Malvina hatte schon immer in ihrem Herzen lesen können, es war sinnlos, Gefühle vor ihr zu verstecken. Sie wollte gerade antworten, als dieser vollkommene Moment vom Brummen eines Motors unterbrochen wurde.

Sveva lehnte sich vor. Ein roter Jeep parkte in der Einfahrt.

»Wer ist denn das?«, fragte Zefferino und beugte sich seinerseits vor. »Oh, bring noch ein Glas, Malvina! Da ist der neue Nachbar.«

Kurz darauf erschien ein Mann auf der Treppe.

Sveva zuckte zusammen und hielt den Atem an. In seinen Augen blitzte es erstaunt auf, was ihr verriet, dass auch er sie erkannt hatte.

Sie richtete sich auf und beobachtete, wie er näher kam.

Seine verwaschenen Jeans saßen locker auf den Hüften, darüber trug er ein ausgeleiertes Shirt, das helle Haar fiel ihm offen über die Schultern. Er grüßte mit einem strahlenden Lächeln, das selbst die dunkelste Nacht hätte erhellen können.

»Ich habe ein kleines Geschenk als Dankeschön für Zefferinos Hilfe mit dem Traktor und den Weinstöcken mitgebracht.« Er hob die Flasche in seiner Hand.

»Setz dich«, forderte Malvina ihn auf.

Er nahm neben Sveva Platz.

»Nimm einen Cantuccio-Keks.« Malvina schob ihm den Korb mit den Keksen hin. »Ich habe sie heute Morgen gebacken.«

Sveva sah zu, wie gesittet er aß, was so gar nicht zu seinem nachlässigen Äußeren passen wollte.

»Wie macht sich der Gemüsegarten?« Zefferino lehnte sich zurück.

»Ganz gut. Ich ernte schon die ersten Tomaten und die Paprika, die du mir gegeben hast. Deine sehen aber viel schöner aus. Und schmecken wahrscheinlich auch besser.« Er sah Sveva neugierig an. Seine mandelförmigen Augen schimmerten wie goldgrünes Glas.

»Ich bin Rurik«, sagte er mit ausgestreckter Hand. Ein schmales geflochtenes Lederarmband umschlang sein Handgelenk.

»Freut mich, Sveva.«

»Ich habe dich hier in der Gegend noch nie gesehen«, stellte er ironisch fest.

»Ich dich auch nicht«, gab Sveva im gleichen Ton zurück. *Außer heute Morgen auf dem Steg, und das war keine schöne Begegnung.*

»Sie ist erst vor Kurzem hierhergezogen«, warf Zefferino ein. »Hat das alte Bauernhaus an der Strada del Dragone gekauft.«

Rurik nickte, schwieg einen Moment, dann sagte er: »Das

kenne ich. Es ist wunderschön. Ich wohne dahinten, siehst du?«
Er rückte etwas näher und zeigte auf ein von Hecken und Bäumen gesäumtes Bauernhaus, das sich an ein Feld schmiegte.
»Alte, schweigsame Steine. Genau das, was ich brauche.« Er zog ein Päckchen Tabak aus seiner Hosentasche.

»Ist nicht so einfach, ein bisschen Frieden zu finden, oder? Überall diese Leute, die einen stören.« Sveva sah ihn schnippisch an.

»Genau«, pflichtete Rurik ihr bei und zog an seiner Zigarette.

»Ich bin neugierig auf deinen Wein.« Zefferino nahm den Korkenzieher und gab ihn Rurik.

Der zuckte mit den Schultern. »Von der letzten Lese. Hoffentlich ist er nicht zu Essig geworden.« Er entkorkte die Flasche und füllte alle Gläser, nur sein eigenes nicht.

»Erinnerst du dich an die letzte Lese, Zeferino?« Er sprach den Namen mit nur einem f aus. »Üppige Trauben, perfekt waren die.«

Der Bauer roch an der Flasche. Er hatte den glückseligen Gesichtsausdruck eines Mannes, der mit geschlossenen Augen eine schöne Frau küsst. »Was hast du da noch reingetan?«

Rurik fuhr sich mit der Hand durch das lange Haar, zog noch einmal an seiner Zigarette und grinste. »Geheimnis. Probier mal, und dann sag du es mir.«

Sveva nahm ihr Glas. Sie roch daran. Brombeere und Kirschen. »Woher kommst du?«, fragte sie.

Er zog die Brauen hoch. »Was hat das mit meinem Wein zu tun? Ich bin Norweger.«

Sveva musste an eine Werbekampagne denken, die sie für das norwegische Fremdenverkehrsamt betreut hatte. Sie erinnerte sich noch gut, wie viel Mühe es sie und Roberto gekostet hatte, einen passenden Slogan zu finden, der auch den für die

Öffentlichkeitsarbeit zuständigen, distanzierten Mann zufriedenstellte.

»Du sprichst sehr gut Italienisch«, lobte sie ihn. Und das stimmte.

»Nein, finde ich nicht.« Er zuckte mit den Schultern und zog noch einmal an seiner Zigarette. »Aber ich möchte gern besser werden.« Er sah sie nun aufmerksamer an.

»Lasst uns anstoßen.« Malvina erhob ihr Glas. »Auf Rurik und seinen großartigen Wein, und auf Sveva, die endlich zurückgekehrt ist.«

Beide lächelten.

Sveva trank noch zwei Gläser, dann schlief der Wind plötzlich ein, die Stimmen verstummten, und der Abenddunst wurde so dicht, dass er ihr fast den Atem nahm. Die Nacht umschloss sie vollkommen. Sie gab sich dieser dunklen, unwirklichen Umarmung hin und träumte von ihrer so vertrauten Malvina.

Sie kann sie gut sehen. Malvina sitzt im großen Sessel neben dem Fenster, das Haar von ihrem geblümten Tuch bedeckt. Auf ihrem Schoß liegt ein Brotring, und in einer Hand hält sie eine Weizenähre. Sveva steht in der Küchentür, und in der Kuhle an ihrem Hals schimmert ein Lichtschein. Sie bedeckt das Medaillon mit ihrer Hand, es strömt Wärme aus.

»Hab keine Angst vor dem, was erscheint, Sveva. Fürchte dich nicht vor dem, was du nicht kennst. Lass nicht zu, dass die Angst Macht über dich gewinnt. Gib die Suche nicht auf, und vergiss nicht.«

»Malvina«, flüstert Sveva. »Malvina, hilf mir ... Sag mir, wie ich das tun soll.«

9.

Sveva wachte schweißgebadet auf. Ihre Kehle war ausgetrocknet, die Haare klebten ihr im Nacken. Sie konnte sich kaum bewegen, Bein- und Armmuskeln schmerzten, aber schließlich setzte sie sich auf.

Sie lag auf ihrem Sofa, und dem durch das Küchenfenster hereinfallende Licht nach zu urteilen, war es später Morgen.

Sie hätte nicht so viel trinken dürfen. Mit der Hand fuhr sie sich übers Gesicht und merkte erst jetzt, dass sie noch vollständig angezogen war.

Aber gestern hatte sie keine Jeans angehabt.

Sie hatte ein gemustertes, ärmelloses Kleid mit glockenförmigem Rock getragen. Warum bloß hatte sie es jetzt nicht mehr an? Hatte sie sich nachts noch umgezogen? Nein, nein. Sie erinnerte sich ganz genau, dass sie keine Jeans getragen hatte.

Kaffee. Sie brauchte einen Kaffee. Stark und ungezuckert. Und sie musste das Medaillon finden. Sie wusste nicht, warum, konnte es nicht begründen. Sie wusste nur, dass sie es finden musste.

Im Bad betrachtete sie ihr Spiegelbild. Unter den Augen hatte ihre verschmierte Wimperntusche zwei tiefe Ringe hinterlassen. Hatte sie geweint? Sie konnte sich nicht erinnern.

Sie spritzte sich kaltes Wasser ins Gesicht, band ihr Haar zu einem Pferdeschwanz. Dann ging sie auf die Veranda, sog die frische Luft ein und versuchte, wach zu werden.

Sie reckte die Arme gen Himmel und atmete tief ein. Der Duft von Lavendel und Geißblatthecken, die das Haus umstanden, stieg ihr in die Nase. Farben, Gerüche, Düfte.

Und diese, ihre, Landschaft. Grüne Olivenhaine erstreckten sich den Hügel hinauf bis zu dem verfallenen Turm. Schönheit und reine Energie. Ein Zusammenspiel, das sich jeden Tag erneuerte und ihr Trost spendete. Ein ungeschriebenes Gedicht. Mit diesem Bild vor Augen ging sie zurück ins Haus, ließ ihr Handy auf dem Küchentisch liegen, zog Gummistiefel an und machte sich auf den Weg.

Sie ging über den Trampelpfad, ließ sich das Gesicht von der Sonne wärmen und genoss die Ruhe. Sie würde Malvina von ihrem Traum erzählen, ganz sicher würde sie ihr helfen, ihn zu verstehen.

Als Sveva bei Malvina ankam, sah sie sie im großen Sessel am Fenster sitzen. Von der Einfahrt aus beobachtete sie, wie sich Malvina das Haar bürstete, zu einem Zopf flocht und im Nacken aufrollte. Beim Anblick dieser ihr so vertrauten alltäglichen Gesten wurde ihr das Herz vor Sehnsucht schwer.

Sie trat ein. Gleißendes Licht fiel durch die geöffneten Fensterläden in die Küche. Obgleich es gestern Abend sehr spät geworden war, hatte das offensichtlich nichts an Malvinas Gewohnheit geändert, vor allen anderen aufzustehen. Der Raum war bereits erfüllt von Kaffeeduft.

»Malvina?«, rief Sveva an der Tür.

»Komm herein, *cittina*. Setz dich. Ich habe Kaffee gemacht.«

»Deshalb bin ich nicht hier.« Ineinander verschlungen lagen ihre Hände im Schoß. Sie fühlte sich verloren. »Ich habe geträumt, Malvina, und alles ist so durcheinander.«

Die Frau strich ihr über die Wange. »Ich weiß, warum du hier bist. Ich kenne dich, und ich kannte Ljuba, so gut, dass ich wusste, du würdest zurückkehren an den Ort, den du Zuhause nanntest, an dem ihr glücklich wart. Ljuba wäre niemals von uns gegangen, ohne dich darum zu bitten, hierher zurückzukommen.«

Sveva schauderte und rutschte auf dem Stuhl hin und her. Die Stille war plötzlich so undurchdringlich, als wären die Küchenwände mit Watte gepolstert.

»Ich habe ihr ein Versprechen gegeben, habe es gehalten und frage mich nun, ob es falsch war, zurückzukommen. Ich fürchte mich davor, Malvina. Irgendwann gewöhnt man sich daran, nicht man selbst zu sein.«

Malvina seufzte, stand auf, nahm die Espressokanne vom Herd und stellte sie auf den Tisch. Aber sie schenkte keinen Kaffee ein. Sie stand da, sah Sveva an, als ob sie Kraft sammeln müsste. »Nein«, antwortete sie. »Daran gewöhnt man sich nie, *cittina*. Nicht einmal in meinem Alter, und auch nicht, wenn man sich einredet, die Zeit könne alle Wunden heilen. Es gibt Wunden, die heilen nie, wenn man sie nicht beizeiten pflegt. Du hast noch Zeit dazu, ich nicht mehr.«

Sveva sah Schmerz und Trauer in Malvinas Augen. Sie hatte auf Sveva immer so stark gewirkt, und dieses geflüsterte, qualvolle Geständnis tat ihr im Herzen weh.

»So viel Zeit ist vergangen, *cittina*, so viel, wie ich graue Strähnen im Haar trage. Auch ich war nur ein Bastardkind. Bin in diesem Haus aufgewachsen wie Unkraut, das darauf wartet, ausgerissen zu werden, aber ich habe an mir selbst festgehalten, mich an die Kraft des Medaillons geklammert und an die einzige Person, die mich wirklich geliebt hat. Diese Person habe ich versucht, für dich zu sein, und du musst versuchen, sie für dich selbst zu sein. Du musst das Medaillon wiederfinden, es tragen und das Versprechen einlösen, das du Ljuba gegeben hast. Musst sein wie eine Ginsterwurzel.«

Malvina schloss die Augen und öffnete sie dann langsam wieder, ließ den Blick durch die Küche schweifen. »Der Schmerz macht uns stark. Als ich herausfand, wer mein richtiger Vater war, ist alles, woran ich als Kind glaubte, in sich zusammengebrochen. Ich bin aufgewachsen mit einem herrischen Mann im Haus, den ich zu lieben versuchte. Aber ich war nicht von seinem Blut. Das wusste er und wies mich deshalb zurück. Ich war wie ein geprügelter Hund, der die Hand leckt, die ihn schlägt. Eine Frau, Fiorella, verriet mir, dass ich die Tochter meines Onkels Antonio bin. Sie hatte die Gabe, im Wasser und Feuer Dinge zu sehen, die sonst niemand sah. Obwohl mir die Wahrheit wie eine Messerklinge ins Herz schnitt, wollte ich von diesem Moment an überleben. Fiorella war immer bei mir, war mir Vater und Mutter zugleich. Und dann war irgendwann ja auch Zefferino da. Aber vor allem das Medaillon, ob du daran glaubst oder nicht, das Medaillon hat mir geholfen, an mich selbst zu glauben.«

Sveva atmete ein und dann langsam wieder aus. Niemals hätte sie geglaubt, dass Malvinas und ihr Schicksal sich so ähnelten.

»Die Menschen, die Leid erfahren haben«, dachte sie, »erkennen einander.« Sie würde diesen schmerzvollen Weg nicht mehr weitergehen, sie würde die Wahrheit suchen.

Sie würde herausfinden, wer ihr Vater war, aber davor, davor musste sie das Medaillon wiederfinden und mit ihm die Kraft weiterzugehen.

10.

Wo war das Medaillon? Sveva wusste es nicht mehr.
Sie holte den Koffer vom Schrank im Schlafzimmer herunter, zog die Reißverschlüsse auf, suchte in jeder der Innentaschen, fand aber nichts.

Dann fiel ihr etwas ein. Die Hose, die sie getragen hatte, als sie das erste Mal aus Rom hierhergekommen war. Vielleicht steckte es noch in der Tasche.

War das möglich? Ja, sie hatte das Medaillon auf der Fahrt bei sich gehabt. Hatte es bei sich gehabt, als sie den Makler getroffen hatte. Aber wo war diese Hose?

Sie öffnete die Schranktüren, wühlte zwischen den achtlos hineingeworfenen Kleidungsstücken. Zog eine Schublade heraus, dann noch eine. Sie waren beide leer, aber die eine war schwerer. Als hätte sie einen doppelten Boden.

Sofort musste sie an ihren Vater denken, hätte aber nicht sagen können, warum.

Sie setzte sich im Schneidersitz auf den Boden, legte die Schublade auf ihre Oberschenkel und hob den inneren Teil heraus. Auf den ersten Blick schien alles völlig normal, aber eine Kleinigkeit weckte ihre Aufmerksamkeit. Aus einer Ritze an der Seite schaute etwas Weißes hervor, ein Stück Papier wahrscheinlich. Ein Zettel? Vielleicht sogar ein Brief?

Sie versuchte, es herauszuziehen, riss aber zunächst nur

ein Stück ab. Als sie das Papier schließlich ganz in den Händen hielt, war sie sicher, dass es mit ihrem Vater zu tun haben musste. Es war eine Federzeichnung, vielmehr die obere Hälfte davon: die Rückenansicht eines Mannes und einer Frau in inniger Umarmung. Im Hintergrund war ein gestrichelter Pfeil mit einer Signatur. *Indigo.*

Sie drückte die Zeichnung an ihre Brust, und ihr war, als striche ihr jemand zart über das Gesicht.

Vergiss nicht ...

Hatte sie je vergessen?

Sie wusste, sie würde suchen müssen, wusste, dass sie an diesem Ort erfahren konnte, wer ihr Vater war. Sie wusste, dass das große Haus irgendwo in seinem Inneren die Antwort darauf barg. Aber wo?

Folge den Zeichen ...

Erschöpft ließ sie die Stirn auf die Knie sinken, ihr Kopf war leer, und ihre Brust schmerzte.

Denk nach, Sveva, denk nach. Du musst das Medaillon finden. Das Medaillon ist deine Vergangenheit, deine Gegenwart und deine Zukunft. Such es. Es wird dir helfen, den Weg zu finden, und über deine Suche wachen.

Mit zitternden Händen wühlte sie in den im Schrank aufgetürmten Kleidungsstücken, nahm sie heraus und warf sie auf den Boden. Schließlich fand sie die Jeans, die sie schon lange nicht mehr getragen hatte. Sie tastete eine Tasche ab, dann die andere und fühlte etwas zwischen den Fingerspitzen. An seiner zarten Kette zog sie das Medaillon heraus. Es glänzte golden, und die Ginsterwurzel hinter dem Glas wirkte frisch und kraftvoll. Sie legte sich die Kette um den Hals und drückte ihre Handfläche auf das Medaillon. Sofort spürte sie seine Wärme, und eine seltsame Ruhe überkam sie.

Die Zeichnung ihres Vaters legte sie in die Schublade zurück und ging hinunter in den Vorratsraum, der neben der Küche lag. Es war nicht viel da, aber an Mehl fehlte es nicht.

Sie nahm eine Tüte davon und ein Kilo Zucker.

Wie immer, wenn Sveva von ihren Gefühlen übermannt wurde, backte sie. Es half ihr, zur Ruhe zu kommen, die Gedanken anzuhalten. Es war ihre ganz eigene Art, den Kopf freizubekommen, Probleme zu lösen und sich wieder auf das Schönste zu besinnen, das in ihrem Herzen wohnte. Vertraute Gesten, die die Macht der Erinnerung besaßen. In Rom hatte sie all das vergessen, zu sehr war sie mit der Arbeit und sich selbst beschäftigt gewesen. Aber jetzt, hier, verband sich die Vergangenheit umstandslos mit der Gegenwart, als ob keine Zeit dazwischenläge.

Einige Strähnen lösten sich aus ihrem Pferdeschwanz und fielen ihr in die Augen. Sie wischte sich mit einer vom Teig verklebten Hand durch das Gesicht, beugte sich über den Teig und knetete ihn kräftig. Die Espressokanne gurgelte, und Kaffeeduft verbreitete sich in der Küche. Sie stellte den Herd aus.

»Buongiorno.«

Sie zuckte zusammen, als sie die Stimme hinter sich hörte, dann drehte sie sich um.

Auf der Türschwelle stand Rurik; das Sonnenlicht tanzte silbern in seinem Haar.

»Ciao«, gab sie etwas verlegen zurück.

Er sah einfach unglaublich gut aus, wie schon am Abend zuvor bei Malvina. Er trug dieselbe Jeans, aber ein anderes Shirt und hatte das Haar im Nacken zusammengebunden.

»Ich habe dir dein Kleid mitgebracht. Ist gewaschen.«

Am liebsten wäre sie im Boden versunken, als sie ihr Kleid in Ruriks großen Händen sah.

»Kann ich reinkommen?«

»Ja, natürlich. Entschuldigung.«

Mit zwei großen Schritten hatte er die Küche erreicht. »Darf ich mich setzen?«

»Warte.« Sveva nahm einen Lappen vom Tisch und wischte sich die Hände daran ab. »Ich hole dir einen anderen Stuhl. Dieser da ist nicht besonders sauber.«

»Das macht doch nichts.« Er lächelte sie an.

»Kaffee?«

»Einen großen, bitte. Ich habe mich noch nicht an euren Espresso gewöhnt.«

Sveva kochte Wasser auf, nahm eine Tasse vom Regal über dem Waschbecken und füllte einige Löffel löslichen Kaffee hinein.

Während sie den Teig gehen ließ, stellte sie den Kaffee auf den Tisch und setzte sich mit fragendem Blick Rurik gegenüber.

»Gestern Abend ging es dir nicht so gut. Lag vielleicht am Wein. Zefferino hat mich gebeten, dich nach Hause zu bringen.«

»Das tut mir leid, ich wollte keine Umstände machen …«

Rurik zuckte mit den Schultern. »Keine Sorge. Ich habe dir nur beim Umziehen geholfen und dich dann aufs Sofa gelegt.«

Beschämt sah sie zu Boden.

»Ich muss jetzt gehen.« Rurik leerte seinen Kaffeebecher und stand auf. »Wenn du Hilfe im Garten brauchst, dann sag mir Bescheid. Du weißt ja, wo ich wohne.« Er hob die Hand zum Gruß. »Man sieht sich.«

Stumm blieb sie zurück, ihre Gedanken wirbelten umher.

Da klingelte ihr Handy.

Sveva seufzte, sie hatte keine Lust dranzugehen. Es klingelte noch einmal. Sie sah auf das Display und nahm den Anruf an.

»Ciao, mein Schatz!«

»Hey«, begrüßte sie Livia.

»Wie geht es dir?«

»Ganz gut, ich trinke gerade Kaffee. Und dir?«

Pause. »Hier in Rom herrscht eine Affenhitze. Ich habe mir drei Tage freigenommen und dachte, ich könnte dich vielleicht am Samstag besuchen …«

»Super! Bringst du Andrea mit?«

Stille am anderen Ende. Seufzen. »Nein, ich wäre lieber mit dir allein. Außerdem hat er gerade so viel auf der Arbeit zu tun. Du fehlst mir, Sveva.«

»Du mir auch, Livia.«

»Dann sehen wir uns Samstagmorgen. Kümmere dich um Zigarren und Wodka. Wie in alten Zeiten.«

Sveva lachte. »Sag mir Bescheid, wenn du losfährst.«

»Alles klar! Bis dann, Sternchen.«

Sveva legte auf. Sie hatte Livia nicht mehr gesehen, seit sie aus Rom weggezogen war, und der Gedanke, sie nun wieder in ihre Arme schließen zu können, machte sie sehr glücklich.

Sie würden quatschen, trinken und Tränen lachen. Wie nur sie beide es konnten.

11.

Am nächsten Morgen wurde Sveva von lautem Traktorengeratter und grellem Sonnenlicht geweckt, das durch die gardinenlosen Fenster in ihr Schlafzimmer schien.

Sie hatte wenig und schlecht geschlafen, hatte von Malvina geträumt und dem Medaillon, das wie ein kleiner Leuchtturm in die Nacht hinausleuchtete, von ihrer Mutter, die glücklich inmitten der Ginsterbüsche saß, und von sich selbst in einem Zimmer mit indigofarbenen Wänden.

Dabei hatte sie sich den ganzen Tag lang angestrengt; hatte die Rosenhecken beschnitten, im Gemüsegarten Unkraut gejätet, war hinunter ins Dorf gegangen und mit einem großen Einkauf zurückgekommen. Eigentlich hätte sie schlafen müssen wie ein Stein.

Lustlos stand sie auf, zog eine Jogginghose und ein Trägerhemd aus dem Schrank und ging zum Fenster.

Stolz wie ein Löwenbändiger bediente Zefferino den Traktor. Er hatte seinen Hut tief ins Gesicht gezogen, trug ein kariertes Hemd und sang aus vollem Halse.

Sveva blieb am Fenster stehen und steckte dabei ihr Haar zu einem unordentlichen Knoten zusammen.

Dann ging sie in die Küche. Es war ein wunderschöner, sonniger Tag. Sie trug keine Schuhe, denn schon als Kind hatte sie das Gefühl der rauen Terrakottafliesen unter ihren Füßen gemocht. Sie öffnete die Fenstertür und ließ sich die Sonne ins Gesicht scheinen. Unten, jenseits des Gartens, spiegelte sich der Himmel im See, und sein Licht sprühte glitzernde Funken über das Wasser.

Sanft schmiegten sich die mit gelbem Raps bedeckten Felder an die Hügel. Perfekt hintereinander aufgereihte Zypressen säumten einen Weg, der zu einem roten Bauernhaus führte. Elstern pickten zwischen frisch aufgeworfener Erde. Und in der Nähe zeichnete sich der Schlossturm des alten Ortes ab, eingerahmt von den goldenen Farbtupfern der blühenden Ginsterbüsche.

Die Natur führte sie langsam ins Leben zurück. Auf die Natur, auf ihren Trost war Verlass.

Sveva hatte Lust, einen schönen Strauß Lavendel zu pflücken und weiter im Nutzgarten zu arbeiten.

Sie zog Kniestrümpfe an und die rosenrot geblümten Gummistiefel, die sie in einer Gärtnerei in Camucia gekauft hatte, und trat hinaus auf die ebene Einfahrt.

Als Zefferino sie sah, hielt er den Traktor an. Er winkte. Sie öffnete das Törchen und ging in den Nutzgarten.

»Buongiorno!«

»Guten Morgen, *coccona*! Habe ich dich geweckt?«

Sveva zog eine Grimasse. »Was glaubst du? Kommst du auf einen Kaffee rein?«

Der Bauer sprang vom Traktor. Trotz seines Alters war er noch immer ziemlich flink.

Er trocknete sich den Schweiß unter dem Hut mit einem Taschentuch ab und legte Sveva einen Arm um die Schulter. »Meine *cittina*«, sagte er und drückte sie an sich.

»Malvina?«, fragte Sveva und gab einige Löffel Zucker in Zefferinos Kaffee. Sie wusste, wie süß er ihn mochte.

»Ist zu Hause. Sie erwartet dich später. Hat einen Torcolo-Kranzkuchen für dich gebacken.«

»Heute wollte ich den Rosenstrauch neben dem Anbau beschneiden. Es gibt hier so viel zu tun, dass ich gar nicht weiß, wo ich anfangen soll.«

»Rom wurde auch nicht an einem Tag erbaut«, gab der Bauer seelenruhig zurück und trank seinen Kaffee. »Na, dann lass uns mal loslegen.«

Wie sie es vorgehabt hatte, fing sie mit den Rosen an. Es war eine antike, gefüllte Sorte von einer tiefrosa Farbe. Zu Dutzenden standen ihre Sträucher zwischen der Natursteinmauer und dem verfallenen Nebengebäude, das früher als Schweinestall gedient hatte. Sveva nahm die verblühten Blüten und schnitt sie schräg über den kleinen neuen Knospen ab. Obgleich sie feste Gartenhandschuhe anhatte, trug sie etliche Kratzer davon. Sie überlegte, auch das Vergissmeinnicht zu beschneiden, aber es war einfach zu schön. Sie wischte sich den Schweiß von der Stirn und arbeitete weiter. Die Sonne stand hoch, es war sehr heiß.

Zefferinos Traktor ratterte im großen Nutzgarten, der Schrei einer Elster erklang. Sie bewunderte eine farbenfrohe Raupe, die mühsam versuchte, ein Blatt zu erklimmen, nahm sie auf die Hand und setzte sie behutsam auf die Erde.

Jedes Tier, das sie sah, brachte sie in Sicherheit, seitdem ihre Schwester ihr erzählt hatte, dass laut dem hinduistischen Glauben Männer, Frauen und Kinder nach dem Tod in einem anderen Körper wiedergeboren werden. Art und Größe spielten keine Rolle. Sasha fehlte ihr. Gern hätte sie mit ihr gemeinsam einige Wochen im Bauernhaus verbracht, aber ihr für August geplanter Besuch war geplatzt. In Varanasi war eine weitere Typhusepidemie ausgebrochen, und Sasha konnte jetzt nicht von dort weg. Sveva hatte sich schon seit einigen Wochen nicht mehr bei ihr gemeldet; zum einen, weil der Schmerz über Ljubas Tod noch so groß war, zum anderen, weil sie sich ein wenig fürchtete. Sasha hatte ihr immer die Meinung ins Gesicht gesagt, hatte sich nie von ihrer scheinbaren Zerbrechlichkeit täuschen lassen. Niemand kannte sie so gut wie Sasha.

Deshalb hatte sie ihr noch nicht erzählt, dass sie gekündigt, nach Umbrien gezogen und dort »ihr« Bauernhaus gekauft hatte. Sie hatte ihr geschrieben, sie habe es über den Sommer gemietet. Hätte Sasha die Wahrheit gewusst, hätte sie ihr ordentlich den Kopf gewaschen. Aber jetzt wollte sie gerne mit ihr sprechen. Heute Nachmittag würde sie ihr eine Mail schreiben oder mit ihr skypen.

Ein Zweig fiel zu Boden. Sveva kniete sich hin, schob ihn zu den anderen Zweigen und warf dann den ganzen Haufen in den schwarzen Sack neben sich.

Als sie sich wieder aufrichtete, sah sie ihn auf dem Weg stehen.

Er trug das Haar offen, eine Ray-Ban-Sonnenbrille, ein tannengrünes Polohemd und die übliche verwaschene Jeans.

Eine große rote Katze war bei ihm.

Er ging durch das Tor, winkte Zefferino zu und kam auf sie zu.

»*Godmorgen*«, begrüßte er sie. Eine silberne geflochtene Kette schmückte seinen Hals, ähnlich einem keltischen Torques.

»Du hier?«, fragte sie verwirrt.

Sie fand, dass er seit dem Essen bei Malvina etwas zu häufig um sie herumstrich. Nicht, dass ihr das keine Freude bereitet hätte, aber sie hatte keinen Kopf dafür. Für Männer war gerade kein Platz in ihrem Leben.

»Du hast gesagt, es gäbe hier viel zu tun.«

Sie kniff die Augen zusammen. »Das ist sehr nett von dir,

aber Zefferino hilft mir schon, und ich könnte dich gar nicht bezahlen.«

Rurik nahm die Sonnenbrille ab, sein Blick war eisig. »Ich will kein Geld.«

Sveva sah ihn herausfordernd an. »Danke, aber Zefferino und ich schaffen das hier ganz bestimmt. Falls ich noch jemanden brauche, melde ich mich bei dir. Wenn ich mich richtig erinnere, hatten wir das doch so ausgemacht.«

Die rote Katze miaute und strich um Ruriks Beine. Er streichelte sie.

»Was ist das für eine Katze?«, fragte Sveva neugierig.

»Sie hat mein Haus bewohnt, bevor ich dort eingezogen bin. An meinem Bauernhaus streunen viele Katzen umher. Ich füttere sie, und sie zeigen sich auf ihre Weise erkenntlich.«

»Katzen sind großartig.«

Er schaute sie mit einem so eindringlichen Blick an, dass ihr unbehaglich zumute wurde. Sveva verschränkte die Arme vor der Brust; plötzlich fühlte sie sich nackt und verletzlich, was er bemerkte.

»Ich wollte dich nicht in Verlegenheit bringen.«

»Wenn es dir nichts ausmacht, würde ich jetzt gerne weiterarbeiten.« Mit zitternden Händen ergriff sie die Gartenschere.

Rurik blieb stehen. »Ich dachte, unter Nachbarn sollte man ein gutes Verhältnis pflegen.«

Stille.

»Vielleicht können wir ja in den nächsten Tagen mal zusammen was trinken gehen. Es gibt hier nicht so viele Leute in unserem Alter, mit denen man sich unterhalten könnte.«

»Worüber sollten wir uns denn unterhalten?«, fragte Sveva ihn herausfordernd. Die Schere lag wie eine Waffe in ihrer Hand.

»Über deinen Garten zum Beispiel. Oder wir könnten gemeinsam über den See schauen. Uns ein bisschen kennenlernen eben. Einfach so.«

»Einfach so?«

Rurik nickte. »Heute Abend? Um sieben bin ich in der Bar del Sole.«

»Ich glaube nicht, dass ich komme.«

»Zu dieser Jahreszeit sind die Abende doch viel zu schön, um zu Hause zu bleiben. Der See ist es wert.«

»Ich kenne den See.«

Er seufzte. »Wie du meinst. Ich warte in der Bar auf dich.«

12.

Sveva war sich noch nicht sicher, ob sie Ruriks Einladung annehmen würde. Jetzt und hier, in Malvinas herrlich duftender Küche, war der Geschmack ihres Torcolo-Kranzkuchens das Einzige, was sie interessierte. Mit geschlossenen Augen kostete sie den fluffigen Teig. Alles andere war gerade unwichtig. Selbst die Rosenbüsche, die sie nur bis zur Hälfte beschnitten hatte.

In diesem Moment gab es für sie nichts außer diesem altvertrauten Geschmack. Sie bemerkte erst jetzt, wie sehr er ihr gefehlt hatte. Viel zu sehr.

Sie ließ ihren Blick durch das Fenster über das Sonnenblumenfeld schweifen, dann weiter den Hügel hinauf, auf dessen Hälfte sich am Ende einer Zypressenallee die Silhouette der Villa Borboun hell und prunkvoll erhob, ein Gebäude aus dem achtzehnten Jahrhundert, das im Ort »Villa Pischiello« genannt wurde.

Sie und Sasha waren oft dort herumgestreunt, hatten Verstecken zwischen den uralten Olivenbäumen gespielt. Einmal hatten sie sich bis zur verlassenen Villa gewagt und waren durch einen zerbrochenen Fensterladen hineingeschlüpft. Staub, so unglaublich viel Staub, überall Spinnweben und Skorpione, die sich in die Ecken flüchteten. Muffiger Geruch drang ihnen in die Nasen und legte sich auf ihre Haut.

Sie eilten die Treppen hinauf und erreichten schließlich einen kleinen Absatz, von dem aus eine Wendeltreppe auf das Dach führte. Mit einer Mischung aus Neugier, Furcht und dem für das Alter typischen Leichtsinn stiegen sie auch dort hinauf. Als sie die Köpfe aus dem Dachfenster steckten, pfiff ihnen der Wind um die Ohren. Auf den losen Dachziegeln saßen sie dann nebeneinander, und die Schönheit, die sich vor ihnen ausbreitete, nahm ihnen den Atem.

»Schau nur, wie gut man den See sieht!«, rief Sasha, deren braune Augen vor Aufregung funkelten.

»Und dahinten ist unser Haus«, stellte Sveva fest und zeigte auf das Bauernhaus auf dem Hügel.

Die Zypressenallee unter ihnen schien unendlich lang zu sein, aber wirklich unglaublich war, dass man mit nur einem Blick die gesamte Landschaft und das Zusammenspiel ihrer Farben erfassen konnte: Sonnenblumen in leuchtendem Gelb, Macchia und Wald in dunklem Grün und der kreisrunde, von den Hügeln eingefasste blaue See.

Dieser Zauber erfüllte sie so tief, dass sie außer dem Tschilpen der Spatzen nichts mehr wahrnahmen. Ein Gefühl von grenzenloser Freiheit überkam sie beide, und einen Moment lang fühlten sie sich, als läge ihnen die Welt zu Füßen.

Eine ganze Weile saßen sie dort in der von ihren Gefühlen aufgewühlten Stille.

Die Zeit verging, ohne dass sie es merkten.

Als sie nach Hause kamen, war das Essen schon fertig.

Sie waren die Treppe hinuntergerannt, atemlos. In der Küche roch es nach Kuchen und Tomatensoße.

Malvina hantierte mit dem Rücken zu ihnen am Gasherd.

Als sie hereinkamen, drehte sie sich um, ihr Haar war zu einem lockeren Knoten gebunden, ihre Schürze war blitzeblank. »Ihr kommt also auch noch? Na los, dann setzt euch.«

Sie tischte Fettuccine auf, die von einer großen Portion geriebenem Parmesan gekrönt waren.

Jahre später würde Sveva das Geheimnis von Malvinas Tomatensoße herausfinden: Sie fügte zwei Teelöffel Zucker hinzu, um den Tomaten die Säure zu nehmen.

Damals war diese geheimnisvolle Soße für sie die beste der Welt: rot, cremig und voller Aroma.

Und die Fettuccine waren natürlich handgemacht, dünn und ein wenig rau.

Ihr lief das Wasser im Mund zusammen.

»Wo ist Mamma?«, fragte Sasha Malvina, die sich nun auch einen Teller nahm und sich setzte.

»Sie ist noch im Bett. Es geht ihr nicht besonders gut, sie setzt sich später zu uns. Esst jetzt und macht euch keine Sorgen, *cittine*.«

Sasha und Sveva warfen einander einen wissenden Blick zu.

Sie kannten das »Unwohlsein« ihrer Mutter nur zu gut. Auch in Rom kam das öfter vor, und dort mussten sie dann zusehen, wie sie allein zurechtkamen.

Sveva musste in der Schule auf Sasha warten – sie besuchten dieselbe Einrichtung –, um nach Hause zu gehen. Sie wohnten einige hundert Meter entfernt und mussten eine Lindenallee überqueren, von der im Frühling ein betörender Duft ausging.

Sasha bereitete das Mittagessen zu, und Sveva deckte den Tisch. Ljuba schlief dann meistens noch, denn sie kehrte oft erst spät in der Nacht nach Hause zurück.

Manchmal stand sie auf und kam zu ihnen in die Küche. Das Haar verstrubbelt, ein langes ausgeleiertes Shirt übergezogen, unter dem sie nichts weiter trug.

Sie begrüßte beide mit einem Kuss, als wäre diese Situation die normalste Sache der Welt. Als wären sie eine normale Familie. Und sie kannten es nicht anders; das war ihr Leben.

Ljuba lebte in ihrer eigenen, realitätsfernen Welt von dem Geld, das Reynaud ihr aus Paris schickte, und das war nicht wenig. Dieses Geld erlaubte es ihr, sich der Malerei zu widmen – das ein oder andere Bild hatte sie auch verkauft – und einen mondänen Lebensstil zu führen, der aus Verabredungen in eleganten Restaurants, zufälligen Liebschaften und nicht gehaltenen Versprechen bestand.

Und so war es an jenem Sommertag im Bauernhaus nicht ungewöhnlich, dass Ljuba noch im Bett lag, anstatt mit ihnen am Tisch zu sitzen. Aber mit Malvina wurde auch das schlichteste Pastagericht zu einem Festessen.

Vielleicht war es ihr entspanntes, pausbäckiges Gesicht mit dem offenen Lächeln für die Mädchen, oder auch eines ihrer ganz speziellen Gewürze, die sie der Soße beimischte. Fest stand, dass sich alles mit Leichtigkeit überzog, wenn sie da war.

Malvina redete nie über ihre Vergangenheit, aber manchmal sah Sveva Schwermut in ihren Augen aufscheinen, spürte ihren angehaltenen Atem und sah einen Schatten über ihr Lächeln huschen.

In diesen seltenen Momenten hätte sie gern mit ihr geredet, gefragt, woran sie dachte, aber sie traute sich nicht. Doch sie beobachtete sehr genau, dass Malvina hin und wieder beim Kochen oder Putzen innehielt, um aus dem Fenster zu schauen. Dann schien wieder Leben in sie zu strömen, das Leuchten in ihre Augen zurückzukehren.

Sveva strich über das Medaillon, das in ihrer Halskuhle ruhte. Behutsamer hätte sie auch eine Reliquie nicht berührt. Malvina wandte sich von den fertig gespülten Töpfen ab und strich ihr über die Wange. »Es freut mich, das Medaillon wieder an deinem Hals zu sehen.«

Sveva seufzte. »Als Kind habe ich wirklich geglaubt, es

könnte alle Probleme lösen.« Sie sah zu Boden und schwieg kurz. »Und wenn ich es jetzt anfasse, spüre ich seine Wärme, obwohl das doch gar nicht sein kann.«

Als sie den Blick wieder hob, sah Malvina sie streng an. »Dieses Medaillon gehörte einmal Fiorella. Sie hat dich auf die Welt geholt und gesegnet. Ginster ist sehr zäh, er braucht so gut wie nichts. Seine starke Erdverbundenheit macht ihn so besonders, und wenn er blüht, dann stellt er mit seiner Schönheit alle anderen Pflanzen in den Schatten.«

Sie machte eine Pause, wie um Kraft zu schöpfen. »Du bist wie Ginster, Sveva. Ich war es auch und Fiorella ebenso.«

In Svevas Kopf drehte sich alles. Ihre Sinne waren aufs Äußerste gespannt. Der Kuchengeruch war nun so intensiv, dass er ihr Übelkeit verursachte, das Gelb der Sonnenblumen war zu einem tanzenden Fleck geworden, der ihr in den Augen wehtat.

»Erzähl mir von ihr«, flüsterte sie.

Malvina schwieg einen langen Moment, ihre Lippen zitterten. In ihrem Herzen schienen die schmerzvollen Erinnerungen noch so lebendig zu sein, dass sie völlig von ihnen eingenommen war. Ihre Augen waren fast geschlossen, sie holte tief Luft, und schließlich formten ihre Lippen langsam Worte. »Alle nannten sie eine Hexe, aber das war sie nicht, oh nein. Fiorella war so unbeugsam wie Erdboden es ist, so rein wie Wasser und stürmisch wie Wind. Sie lebte ein Leben in Freiheit und hütete alte Weisheiten. Alles, was ich weiß, hat sie mir beigebracht. Sie hat mich gelehrt zu leben. Es gibt Frauen, die das Wilde in sich unterdrücken, ihre Kraft, ihren Widerstand, ihren Instinkt. Fiorella hat mir geholfen, das alles zu bewahren. Ich habe alles, was ich bin, ihr zu verdanken, und als sie von uns ging, habe ich geweint, bis ich keine Tränen mehr hatte. Einen Monat nach deiner Geburt war das, *cittina*, und nach ihrem Tod habe ich begriffen, dass das Medaillon, das sie mir gegeben hatte, an dich gehen musste. Es ist unsere Verbindung zueinander, und es hält uns vor Augen, was wir sind. Was Fiorella für mich war, wollte ich für dich sein.« Tränen verschleierten Malvinas Blick.

Sveva drückte sie fest an sich und gab ihr einen Kuss auf die Wange. »Bring mich zu ihrem Grab.«

13.

Das Feld erstreckte sich am Fuße des Hügels, auf dem sich der weiße Wehrturm vom Monte Ruffiano erhob. Das Heu auf den Weiden verbreitete seinen trockenen aromatischen Geruch, und die bräunlichen Halme zauberten mit dem leuchtenden Grün der Wiese ein schönes Farbenspiel. Malvina führte Sveva bis zum Ende des Feldes, wo sich eine weite Fläche uralter Olivenbäume erstreckte, die fast bis zu Füßen des Turms reichte.

Allein das Zirpen der Grillen begleitete sie durch die Stille des drückenden Nachmittags. Ihr Weg führte sie vorbei an violetten Glockenblumen, Löwenzahn und Malven, und schließlich blieb Malvina an einem kleinen quadratischen Stück Wiese stehen. Es war mit wildem Ginster bewachsen und lag im Schatten zweier Olivenbäume. Sie kniete sich nieder und strich über die goldglänzenden Blüten.

»Hier ruht Fiorella, genau unter dem Ginster.«

Für einen Augenblick leuchtete das Medaillon in Svevas Halskuhle auf. Plötzlich spürte sie, wie ihr Herz weit wurde, hörte, wie die Elstern zwischen den Zweigen raschelten. Am Rande des Feldes stand bewegungslos ein Reh, und ganz in der Nähe sprang ein Hase davon. Die Sonne, das Feld, die Bäume wirbelten ihre Farben durcheinander, und sie stand da mit angehaltenem Atem, und ein Gefühl, das zu groß und zu stark war, um es festzuhalten, bemächtigte sich ihrer vollkommen.

Sie ließ sich neben Malvina ins hohe Gras sinken, die sie fest in den Arm nahm. »Es gibt Bindungen, die der Zeit nicht gehorchen und auch nach dem Tod fortbestehen. Nur ganz bestimmte Frauen haben das Privileg dieser Wahrnehmung. Du bist so eine, Sveva. Leugne deine Vergangenheit nicht, denn dort liegt der Schlüssel zu deiner Gegenwart. Wenn du nicht mehr kannst, wenn schmerzliche Erinnerungen ihre Schatten über dich werfen, dann wird dich die Ginsterwurzel daran erinnern, dass du auch den schlimmsten Momenten standhalten, dein Schicksal selbst in die Hand nehmen kannst. Nun weißt du es.«

Sveva umschloss das Medaillon mit ihrer Faust. Sie war so ergriffen und dankbar, dass es ihr die Kehle zuschnürte.

Und dann flogen ihre Gedanken Fiorella zu, Sasha und ihrer Mutter.

»Ich werde den Zeichen folgen«, versprach sie, »ich werde alles bewahren.«

Schließlich gingen sie schweigend zurück zu Malvina. Goldenes Licht tanzte auf dem See.

Warme Nachmittagsluft wehte durch die offene Tür mit den weißen Baumwollgardinen davor, die die Mücken fernhielten.

»Mit kaltem Wasser wird die *Torta* knusprig, mit warmem weich. Zefferino mag sie gerne knusprig.« Malvina gab zwei Gläser Wasser zum Mehl. »Und jetzt kneten, Sveva, und denk an jemanden, den du liebst. Dann schmeckt sie besser.«

Sveva schloss die Augen und schwor Sashas Bild herauf, stellte sich ihre Hände über den eigenen vor, wie sie zusammen in den Teig eintauchten und Sasha die wellenförmigen Bewegungen führte. Sie nahm den Duft des Sommertags wahr, die feine Körnung des Mehls, das zwischen ihren Fingern im Kontakt mit dem Wasser fest wurde. Und Sashas Lachen, ihr Parfüm mit dem Minzgeruch. Und die Tränen, die ihr über das Gesicht rannen. Und sie dachte an ihren Vater.

»Gut so, *cittina*. Lass alles in den Teig fließen: Schmerz, Liebe und Erinnerungen. Das ganze Leben hat dort drinnen Platz.«

Ihre Arme schmerzten, und die Augen brannten. Aber die Last der Vergangenheit wog nun nicht mehr so schwer. Sie war erschöpft, vielleicht sollte sie den Drink mit Rurik verschieben, aber die Vorstellung, zu Hause zu bleiben, gefiel ihr gar nicht. Nicht nach diesem überwältigendem Gefühlssturm.

Malvina säuberte die *Torta*-Formen, und Sveva wusch sich die Hände. Sechs *Torte al testo* standen fertig auf dem Tisch. Rund, weiß. Perfekt.

»Es ist spät geworden.« Sveva zog die Schürze aus und legte sie auf einen Stuhl.

»Du gehst?« Überrascht hob Malvina die Hand, in der sie das Geschirrtuch hielt. »Ich dachte, du bleibst zum Essen. Was ist denn mit deinen *Torte*?«

»Ich bin noch verabredet ...« Svevas Lippen formten ein Lächeln.

Malvina sah sie unschuldig an.

Es war unnötig, ihr etwas verheimlichen zu wollen. Sie wusste ohnehin schon alles. Immer schon.

»Nur ein Aperitif«, rechtfertigte Sveva sich, »sonst nichts.«

»Geh. Und folge den Zeichen.«

14.

Um sieben ließ die Hitze nach.
Sveva parkte ihren Smart am Hauptplatz des Dorfes vor dem kleinen Supermarkt und spazierte dann am See entlang zur Bar del Sole.

Zwei Schwäne glitten über das Wasser, Haubentaucher mit ihren orangefarbenen Kämmen tauchten zur Nahrungssuche unter.

Die Inselfähre hatte an der Mole festgemacht, und ein Schwung Touristen mit geschulterten Rucksäcken trat auf den kleinen Steg.

Stumm sah der See zu, während seine Wasser träge wie Öl an die Felsen schwappten.

Sveva entdeckte Rurik an einem der orangefarbenen Tische vor der Bar.

Er rauchte, seine langen Beine waren übereinandergeschlagen. Als er sie bemerkte, hob er eine Hand zu einem kurzen Winken.

»Ich dachte, du wolltest nicht kommen.«

Sveva legte das Gazetuch ab, das sie um ihren Hals geschlungen hatte. »Ich habe es mir anders überlegt.«

»Was trinkst du?«

»Einen Prosecco, danke.«

»Gefallen dir die Bücher von Moleskine?«, fragte er, als er

Svevas Blick auf sein Notizbuch bemerkte. »Eigentlich kosten sie zu viel für das, was drin ist, aber irgendwie habe ich mich an sie gewöhnt.«

»Was willst du damit sagen?«

Er wurde ernst. »Ich bin Schriftsteller.«

»Ah«, war alles, was Sveva dazu einfiel.

Der Aperitif kam: ein Prosecco und ein Ananassaft, eine Portion Chips, ein paar kleine Häppchen Brot und Pizza.

»Ich schreibe Fantasyromane. Viel über die norwegischen Mythen.« Er nahm seinen Saft.

»Dann hast du schon etwas veröffentlicht?« Sveva biss in ein Stück Pizza.

»Ja, zu Hause sogar mit Erfolg.«

Er war also bekannt.

»Jetzt versuche ich, etwas anderes zu schreiben, ich probiere mich noch aus. Gerade interessiert mich die Realität mehr.«

Sveva fiel auf, dass Rurik während ihrer Unterhaltung fortwährend die Leute an der Seepromenade beobachtete. Seine Wimpern waren so hell, dass sie fast weiß aussahen und einen auffälligen Kontrast zu seinen grünen Augen bildeten.

»So etwas wie eine Autobiografie?«

Nervös drückte er eine weitere Zigarette aus und verzog das Gesicht. »Nein«, antwortete er nur.

»Ich wollte nicht indiskret sein«, sagte Sveva zurückhaltend.

Rurik sah sie ernst an. »Es gibt nicht viel über mein Leben zu sagen.« Er schwieg kurz und strich über den Torques um seinen Hals.

»Das glaube ich nicht. Jedes Leben besteht aus vielen kleinen Geschichten, wir sind diese Geschichten.«

Er legte die Stirn in Falten und spielte mit seinem Stift. Dann holte er tief Luft. »Und wir können sie nicht ungeschehen machen oder ihren Lauf verändern. Wir tragen die

Vergangenheit in uns, und manchmal wiegt sie schwer. Zu schwer.«

Sveva nickte und rückte ihr Glas zur Seite. Die Lust auf Prosecco war ihr vergangen. Am Seeufer spazierten die Leute entlang, und die Inselfähren durchpflügten das Wasser. Ruhe umgab sie, und doch konnte sie den Sturm spüren, der in Ruriks Herz wütete. Der Schatten, der schon bei ihrem ersten Treffen auf seinem Gesicht gelegen hatte, war nun dunkler geworden.

»Ich lerne gerade, im Hier und Jetzt zu leben«, sagte sie und wandte sich ihm wieder zu.

Er streckte die Beine aus und schwieg. Dann deutete er ein Lächeln an. »Wenn du alles verlierst und es deine eigene Schuld ist, dann zählt nicht, was du jetzt bist, dann zählt nur, was du warst.« Er streckte den Rücken durch, dann beugte er sich näher zu Sveva. »Meine Eltern sind gestorben, als ich noch ein Junge war, ich war Alkoholiker, bin es eigentlich noch, und meine einzige Tochter haben sie mir weggenommen. Ich habe Missachtung, Demütigung und Ausgrenzung ertragen müssen. Meine Gegenwart ist meine Vergangenheit. Und jeden Tag, jeden verdammten Tag, muss ich zusehen, wie ich damit klarkomme.«

Sveva sah zu Boden. Der Zorn, der in seinen hervorgepressten Worten lag, gab ihr das Gefühl, klein und dumm zu sein. Das hatte sie nicht erwartet, nicht erwarten können. »Das tut mir leid«, konnte sie nur sagen.

Rurik zuckte mit den Schultern. »Mir auch. Ich verbringe meine Tage mit dieser Schuld und versuche, die Leere zu füllen. Das Schreiben hilft mir dabei.«

Er schien jetzt etwas ruhiger, aber noch immer verdunkelte ein Schatten seine grünen Augen, die er hätte schließen müssen, um sein Inneres zu verbergen. Er rückte ein Stück näher, wobei ihm sein langes Haar über die Schulter fiel.

»Und du?«

»Ex-Texterin«, antwortete Sveva ehrlich. »Ich bin vor Kurzem von Rom hierhergezogen, an den einzigen Ort, an dem ich mich wirklich zu Hause fühle. Meinen Vater kenne ich nicht, und der Rest meiner Familie war ziemlich unkonventionell. Ich habe mich selbst verloren und möchte nun wieder zu mir finden.«

»Wir alle suchen unser eigenes Ich oder nach dem, was uns fehlt.«

»Und wenn das fehlende Teil nicht auffindbar ist?«

»Dann kann man sich eine Wunschvorstellung davon machen.«

Wie oft hatte Sveva sich von dem Gesicht ihres Vaters eine Wunschvorstellung gemacht. Sich vorgestellt, er sähe vielleicht aus wie ein Schauspieler, den sie mochte.

»Ich würde gern eines deiner Bücher lesen«, sagte sie.

Es interessierte sie wirklich.

Rurik blickte sie skeptisch an. »Kannst du *Bokmål*, die norwegische Schriftsprache?«

Sie schüttelte den Kopf.

»Dann dürfte das schwierig werden. Aber das Buch, an dem ich gerade arbeite, schreibe ich auf Italienisch.«

Sie biss in das dritte Stück Pizza.

Eine betretene Stille legte sich über sie, in der die ungesagten Worte in ihren Herzen unerreichbar waren.

»Wenn das Wetter so bleibt, wollte ich übermorgen früh am Turm von Monte Ruffiano Hagebutten pflücken. Es ist wunderschön dort, poetisch.«

Sveva sagte nichts darauf, stützte ihr Kinn in die Hand und lächelte.

»Warst du schon mal dort?«

»Nein, aber …«

»Aber was?«

»Ich habe so viel am Bauernhaus zu tun. Die Pflanzen beschneiden, Unkraut jäten, die alten Stallungen in Ordnung bringen ... Einen Namen muss ich auch noch finden. Außerdem bekomme ich Besuch.«

Livia hätte sicher nichts gegen diesen Ausflug, wahrscheinlich würde sie sich darauf freuen. Vor allem, sobald sie Rurik sah.

»Du möchtest dem Bauernhaus einen Namen geben?«
Sie nickte.

»Dass du noch keinen gefunden hast, heißt bloß, dass du noch nicht so weit bist.«

»Du weißt wohl alles?«, fuhr sie ihn an.

»Fast alles.« Rurik drückte seine Zigarette aus und winkte der Bedienung.

»Ich würde mich freuen, wenn du mit zum Turm kommen würdest«, insistierte er. »Es ist ein Ort ... Na ja, du solltest ihn mit eigenen Augen sehen.«

Warum eigentlich nicht?, dachte Sveva, die Ablenkung wird mir guttun.

»Vertrau mir.« Rurik lächelte sie an, und als die Bedienung kam, bestellte er noch einen Ananassaft. In diesem Moment sah Sveva eine Tätowierung an seinem Hals, die ihr vorher nicht aufgefallen war; ein schwarzes Symbol, einer Pfeilspitze ähnlich. Er bemerkte ihren Blick, strich über die Tätowierung, und seine Augen verdunkelten sich erneut.

»Ich habe mich nur gefragt, was das wohl bedeutet«, sagte Sveva entschuldigend.

»Ist das so wichtig?«, fragte Rurik mehr sich selbst und klopfte die dünne Zigarette auf den Tisch, um den Tabak zu verteilen. »Was ist wichtig? Wer wir sind oder wie uns die anderen haben wollen? Die Tätowierung steht für das, was ich war, und sie erinnert mich immer daran. Es ist eine Rune namens Kenaz, die eine Fackel symbolisiert. Sigvar hat sie mir tätowiert; ein Dichter, der auf dem Fischerboot arbeitete, auf dem ich mit sechzehn angeheuert habe. Das war kein Zufall, dieser Mann wusste, dass ich Licht brauchte, um zu mir selbst zu finden. Seitdem glaube ich an Wyrd, das Schicksal.«

15.

Bei Einbruch der Nacht brachte Rurik Sveva nach Hause. Im Garten war noch kein Licht angebracht, und es war stockduster.

Vorsichtig stieg sie die nur vom Mondlicht beleuchteten Stufen hinauf, darauf bedacht, nicht zu stolpern. Auf der Veranda holte sie das Feuerzeug aus der Tasche.

Sie zündete die Kerzen in den beiden großen Windlichtern neben dem Eingang an, schloss die Tür auf und ging hinein.

Obwohl sie nichts zu Abend gegessen hatte, hatte sie keinen Hunger. Lieber wollte sie aus den getrockneten Kamillenblüten von Malvina einen Tee kochen.

Mit der Tasse Tee setzte sie sich nach draußen und genoss die leichte sommerliche Brise auf dem Gesicht.

Nicht allzu weit entfernt konnte sie Malvinas und Zefferinos Haus ausmachen und auch Ruriks, dessen Erdgeschoss erleuchtet war.

Vielleicht schrieb er.

Sie stellte ihn sich über seinen Laptop gebeugt vor, eine Zigarette zwischen den Lippen, das lange Haar zusammengebunden, das schöne Gesicht konzentriert.

Welche Worte ihm seine Seele wohl jetzt diktierte?

Es gab da etwas in ihm, das sich vor ihr verbarg; jene Dunkelheit in den Tiefen seiner Augen. Die gleiche Dunkelheit, die sie im Spiegel auch in ihren eigenen Augen sehen konnte.

Sie hatten eine Gemeinsamkeit: den Schmerz.

Eine Motte, die immer wieder gegen das Windlicht flappte, lenkte sie ab.

Sveva öffnete das Türchen und ließ sie herein.

Die Motte würde in der Flamme sterben, aber ihr Ziel erreicht haben. Und Sveva, Sveva fühlte sich genau wie diese kleine Motte.

Wie ihre Mutter. Ihre Mutter, die das Licht so sehr geliebt hatte, dass es ihr zum Verhängnis wurde.

Am nächsten Tag wachte Sveva früh auf. Albträume hatten sie in der Nacht heimgesucht. Sie war gerade aufgestanden, als es an der Tür läutete.

Livia schlang ihr die Arme um den Hals und umarmte sie so fest, dass es wehtat.

Sie brachte den Duft eines intensiven süßen Parfüms und sonnengewärmter Haut mit.

»Du hast mir so gefehlt!« Die Freundin trat ein Stück zurück, um sie besser ansehen zu können, dann umarmte sie sie noch einmal. »Es kommt mir vor, als hätten wir uns ewig nicht gesehen.« Sie küsste sie auf die Wangen.

»Komm, ich helfe dir mit dem Gepäck.«

»Nein, brauchst du nicht. Ich mach das schon, ich habe nicht viel dabei.«

Sveva nickte zweifelnd und warf einen Blick auf den Trolley, der so prall gefüllt war, dass er fast auseinanderplatzte. Sie wusste, was bei Livia »nicht viel« hieß: Ganz bestimmt hatte sie auch ein Abendkleid eingepackt, dafür würde Sveva die Hand ins Feuer legen.

»Es ist wunderschön hier. Genau so habe ich es mir vorgestellt.« Livias knallrot geschminkte Lippen hoben sich zu einem Lächeln.

Sveva stellte Dinkelgebäck und Marmelade auf den Tisch.

»Ich bin auf Diät, aber eins esse ich.«

»Das bist du, seitdem ich dich kenne. Und ich habe noch nie verstanden, warum.«

Livia verdrehte die stark geschminkten Augen und pustete sich eine blonde Locke aus dem Gesicht.

»Und, wie läuft es so in der Agentur? Geht Massimo immer noch vor den Augen seiner Frau mit Paola ins Bett?« Sveva stützte ihren Kopf in die Hand und sah Livia neugierig an.

»Nicht nur das. Jetzt hat er auch noch was mit der neuen Kontakterin, aber Paola scheint das nicht zu interessieren. Massimo konnte ihr schon immer gut vorgaukeln, die Einzige für ihn zu sein.« Livia biss in ihr zweites Gebäckstück. »Immer dasselbe.«

»Du sagst es.« Sveva seufzte. »Die Agentur fehlt mir überhaupt nicht.«

»Ich würde mir auch Sorgen machen, wenn es anders wäre. Bei Roncaglia suchen sie einen Grafiker, und ich habe mich beworben.«

»Hört sich gut an. Soll ich dir dein Zimmer zeigen?«

Sie gingen nach oben, Livia stakste auf ihren zwölf Zentimeter hohen High Heels die Treppe hinauf.

»Pass auf, dass du dir nichts brichst«, warnte Sveva sie lachend.

Livia zog eine Grimasse. »Du wolltest doch immer meine Schuhe tragen.«

Livia war begeistert von dem Bett mit dem schmiedeeisernen, rosenverzierten Kopfteil und dem schräg ins Zimmer fallenden Licht. Von der großen hölzernen Kleidertruhe, in der getrocknete Lavendelsträuße ihren Duft verbreiteten.

Sie ließ sich auf die blaue Baumwolldecke fallen, hob die Arme und schloss die Augen. Ihr roter Rock umspielte ihre Beine wie eine Mohnblume. »Ich könnte glatt hierherziehen.«

Sveva setzte sich neben sie. »Du? Dafür liebst du den Trubel doch viel zu sehr. Du würdest hier bestimmt eingehen vor lauter Einsamkeit und Langeweile.«

Livia zuckte mit den Schultern. »Lass dich überraschen.«

»Na ja, eigentlich kenne ich dich ziemlich gut.«

»Wusstest du auch, dass ich jede Erbse einzeln auf die Gabel lege, um sie nicht zu zerquetschen?«

Sveva schnaufte. »Du bist doof. Komm, ich zeige dir den Garten, dann trinken wir etwas.«

Livia klopfte mit den Handflächen auf die Matratze und setzte sich auf. »Wie in alten Zeiten?«

Sveva legte ihr einen Arm um die Schultern. »Wie in alten Zeiten.«

Die alten Zeiten bestanden aus zwei Flaschen umbrischen Grechhetto-Wein und einer Flasche Wodka.

Mittags tranken sie einen Aperitif, und den Rest ließen sie für den Abend übrig.

Am Nachmittag dösten beide ein wenig, machten dann einen Spaziergang auf der Uferpromenade und rauchten eine Zigarette auf einer Bank.

Sie sprachen nicht viel, genossen die Schönheit der Natur und die Ruhe rundherum. Zu Hause bereiteten sie eine leichte Mahlzeit zu.

Als der Abend hereinbrach, entzündete Sveva die Lichter auf der Veranda.

Es war noch immer warm, die Grillen zirpten, aber vom See hatte sich eine angenehme Brise erhoben, die den Duft von Ginster mit sich trug.

Barfuß setzten sie sich mit den Gläsern in der Hand auf die Treppe, deren Steine noch warm unter ihren Füßen waren.

Über ihnen leuchtete ein einziger Stern am Himmel.

»Das müsste Jupiter sein«, murmelte Livia und zeigte auf den leuchtenden Punkt.

»Dann habe ich meinen Beschützerstern gefunden«, gab Sveva ein wenig sehnsüchtig zurück.

»Was soll denn ein Beschützerstern sein?« Livia lachte und schüttelte den Kopf. »Du änderst dich nie, Sveva.«

»Ich bin einfach nur dünnhäutig geworden.« Der trockene Wein prickelte auf ihrer Zunge.

»Wer wäre das nicht an deiner Stelle?« Sie sah sie voller Zuneigung an.

Sveva sah zu Boden. »Du zum Beispiel. Du bist nicht so.«

Livia stellte das Glas neben sich ab, lehnte sich zurück und stützte sich mit den Handflächen auf. »Ich ganz besonders, mein Schatz. Ich bin nicht so stark wie du, Sveva. Nicht stark genug, um die Brücken abzubrechen zu einem Leben, das ich nicht mag. Nicht stark genug, um alles zum Teufel zu jagen, inklusive Karriere. Du hast das gemacht.«

»Das habe ich mir nicht ausgesucht.«

»Oh doch, das hast du. Und sieh dich jetzt mal hier um. Die reine Pracht.« Sie lächelte wehmütig. »Was mir bleibt, sind meine High Heels und eine Schicht Make-up, hinter der ich mein Unglück verbergen kann.« Sie gab ihr einen Kuss auf die Wange. »Sollen wir Musik hören?«

Sveva nickte und holte eine kleinen tragbaren CD-Player. »AC/DC?«

Livia erhob die Faust gen Himmel und bewegte ihren Kopf einige Mal wild vor und zurück.

Die Glocken von *Hells Bells* erklangen dröhnend in der Nacht.

Sveva nahm Livia an der Hand und zog sie die Stufen der Veranda hinunter.

»Wo gehen wir hin?«, fragte sie lachend mit der Weinflasche in der Hand.

»Komm mit.«

Sie liefen über die leere Einfahrt zum Kornfeld.

Die Ähren kitzelten sie an Waden und Knien.

Außer Atem blieben sie schließlich stehen. Sveva legte den CD-Player auf der Erde ab. Bon Scott sang *Highway to Hell*.

Sie nahmen einander an den Händen, sprangen wild auf und ab, drehten sich im Kreis. Sangen aus Leibeskräften. Ihre Haare flogen über das im Mondlicht silbern leuchtende Korn, ihr Gelächter hallte durch die Nacht.

Am nächsten Morgen fuhr Livia wieder zurück nach Rom. Ihr Freund Andrea hatte sich beim Fußballspielen verletzt.

»Du weißt ja, wie Männer sind. Er wird sich einen kleinen Kratzer geholt haben, tut aber so, als säße ihm der Tod im Nacken.« Sie umarmte Sveva fest. »Es tut mir leid, mein Schatz. Ich wäre gerne noch einen Tag geblieben, aber ich muss los.«

Mit feuchten Augen drückte Sveva sie an sich. »Du fehlst mir jetzt schon.«

»Du mir auch. Pass auf dich auf.« Sie nahm den Trolley und wankte auf ihren roten Absätzen die Stufen hinunter.

Dann stieg sie ins Auto, winkte noch einmal, legte den Rückwärtsgang ein und fuhr los.

Sveva blieb noch einen Moment auf der Veranda stehen und sah dem Fiat 500 nach, als er in den Weg einbog und schließlich hinter der Kurve verschwand.

Sie seufzte und fuhr sich mit der Hand durchs Haar.

Rurik würde sie in Kürze abholen, um mit ihr zum Turm zu fahren, und sie musste sich noch anziehen.

16.

Der Turm von Monte Ruffiano war das, was von einer imposanten mittelalterlichen Burg übrig geblieben war.

Durch Schachtelhalme hindurch bahnten sie sich ihren Weg zum Hügel und konnten bald die weißen Mauern des Wehrturms ausmachen. Sie hatten eine ganze Tasche mit Hagebutten für Malvina gepflückt, damit sie Marmelade daraus machen konnte.

Der Macchia-Bewuchs war sehr dicht, und die Brombeersträucher zerkratzten ihre Arme.

In ihren Gummistiefeln waren sie vor Schlangenbissen sicher, und ihre Hüte hielten die Sonne ab. Die Hitze und der lange Marsch machten sich nun bemerkbar.

Doch Rurik hatte recht behalten: Dieser Ort war voller Magie.

Wilde Orchideen, Glockenblumen und Ginster erstreckten sich über den Hügel. Uralte Olivenbäume mit verwachsenen, hohlen Stämmen spendeten ihrem Weg Schatten. Einsam erhob sich der Turm über dem See.

Sie blieben stehen, um zu Atem zu kommen, und freuten sich über die frische Brise auf ihren erhitzten Gesichtern.

Ein Wanderfalke stieß seinen Schrei in den Himmel.

Zwischen zwei hübschen Weißdornsträuchern an der steil abfallenden Seite des Hügels setzten sie sich. Verzaubert betrachtete Sveva die Schönheit, die sich vor ihr ausbreitete: Der Blick umfasste die Hügel, in deren Mitte der See lag, die Wege zwischen den Feldern, die kleinen verstreuten Dörfer. Die roten Bauernhäuser und das Korn, das die Hügel golden färbte. Diese Natur war mächtig, beeindruckend. Sie war absolut.

»Wenn mir die Inspiration zum Schreiben fehlt, dann komme ich hierher«, erzählte Rurik, nahm seinen Hut ab und schüttelte sein Haar zurück. »Ich brauche die Ruhe, die dieser Ort ausstrahlt.« Er öffnete seinen Rucksack und holte zwei Panini heraus. Eines reichte er Sveva.

»Wie aus der Zeit gefallen.« Sveva legte das Panino neben sich und schlang die Arme um die Knie. »Es ist so friedlich hier. Irgendwie beruhigend.«

Auf einen Ellbogen gestützt, streckte Rurik sich auf der Seite aus. »Ja, finde ich auch.« Er riss eine Weißdornblüte aus und gab sie ihr. »Ich bin froh, dass du mitgekommen bist. Ich wusste, dass es dir hier gefallen würde. Irgendwie seltsam, dass du noch nie hier warst.«

Sveva seufzte. »Wenn du wüsstest, wie viel im Leben ich verpasst habe.«

Ob Ljuba und ihr Vater jemals hier oben gewesen waren und das gefühlt hatten, was sie gerade fühlte? Erinnerungen über Erinnerungen. Und Fragen. Würde sie jemals Frieden finden können?

»Habe ich etwas Falsches gesagt?«, fragte Rurik ernst.

»Nein, ich habe nur nachgedacht. Über Dinge, die mir keine Ruhe lassen.«

»Willst du darüber sprechen?«

Sie fuhr sich mit einer Hand übers Gesicht. »Hast du dich jemals unvollständig gefühlt? Dir jemals aus ganzem Herzen gewünscht, zu irgendjemandem oder zu irgendetwas zu gehören? Ich habe mich mein ganzes Leben lang so gefühlt. Vielleicht, weil ich keine Familie im üblichen Sinn gehabt habe. Meine Mutter, Ljuba, hat versucht, mich von ganzem Herzen zu lieben, aber sie war zu unstet und schwach, um sich wirklich um mich zu kümmern. Und mein Vater ... Na ja, den habe ich nie kennengelernt.«

Rurik strich ihr zart über den Arm. »Manche Dinge können wir uns nicht aussuchen, andere schon. Es tut mir leid, dass du das durchgemacht hast.«

Sie zuckte mit den Schultern. »Eine Schmerzskala gibt es nicht, oder? Jeder hat sein eigenes Päckchen zu tragen. Groß oder klein, wie auch immer.«

Er schloss die Augen, legte sich mit im Nacken verschränkten Händen auf den Rücken. Sveva konnte spüren, wie weit er in diesem Moment entfernt war.

»Mit der Zeit habe ich gelernt, dass wir uns selbst genug sein können und alle Antworten in uns selbst tragen. Du bist hierher zurückgekehrt, weil du gespürt hast, dass es so sein musste. Eigentlich muss man nur das Nächstliegende tun.«

»Manchmal kann das sehr schmerzhaft sein.«

»Aber nur so kannst du herausfinden, wer du bist und was du sein willst.«

Svevas Augen füllten sich mit Tränen. Sie rang die Hände, öffnete leicht den Mund und spürte den Wind auf ihren Lippen. »Hör auf damit.«

»Als ob das so einfach wäre.«

Er blinzelte und sah sie wütend an. Plötzlich stand er auf, entfernte sich einige Schritte und blieb mit dem Rücken zu ihr stehen, den Blick auf den See gerichtet. »Wir sind die Summe dessen, was uns zugefügt wurde und was davon übrig ist. Aber wir können so viel mehr sein. Hoffnung, Sveva, und Schönheit, die dürfen wir nie verlieren. Wir müssen daran glauben, dass in jedem Moment unseres Lebens etwas Großartiges geschehen kann. Auch wenn wir verzweifelt sind, auch wenn wir fallen und glauben, nie wieder aufstehen zu können. Denn genau das macht uns stark.« Er setzte sich neben sie und nahm ihr Gesicht in die Hände. »Sieh mich an.«

Sveva sträubte sich. Sie befürchtete, in Tränen auszubrechen. In Ruriks Gegenwart fühlte sie sich nackt und zur Schau gestellt. Ein Gefühl, das ungewohnt für sie war.

»Sieh mich an, bitte.«

Der Klang seiner Stimme. Dieses Verharren auf den Konsonanten, als würde er jedes Wort einzeln liebkosen. Sie öffnete einen Spaltbreit die Augen und tat, worum er sie gebeten hatte. Und verlor sich.

In Ruriks Blick war kein Schatten mehr zu sehen, nur Licht. Intensives Grün, vollkommen.

»Als der Sozialarbeiter meine Tochter mitnahm, war ihre Mutter weg und ich völlig betrunken. Ich bin auf die Polizisten losgegangen, und dann haben sie mich ins Gefängnis gesteckt. Sechs Monate war ich da.« Seine Finger strichen durch Svevas Haar. »Aber ich bin rausgekommen, habe keinen Tropfen mehr getrunken und einen Bestseller geschrieben.«

»Dann hast du es besser gemacht als ich.« Sveva spannte die Kiefernmuskeln an und versuchte, sich zu befreien, aber er hielt sie fest.

»Nein, aber es gibt diesen Moment im Leben, in dem wir die Wahl haben.«

Und dann küsste er sie. Ohne zu zögern. Verflocht seine Finger mit ihrem Haar, während sein Mund sich auf ihren senkte und die Worte auf ihren Lippen zum Verstummen brachte, so zärtlich, dass es ihr Schauer über den Rücken jagte. Außer ihnen beiden existierte nichts mehr, nur noch der Wind, der über sie hinwegstrich.

17.

Schweigend hatten sie den Turm wieder verlassen. Sveva war noch völlig aufgewühlt von dem unerwarteten Kuss. Sie schwieg, weil sie befürchtete, Worte könnten alles zerstören. Rurik legte beim Fahren eine Hand auf ihr Knie, hin und wieder sah er sie lächelnd an und schien fragen zu wollen, ob alles in Ordnung sei.

Vor ihrem Haus verabschiedeten sie sich. Eigentlich hatte Sveva noch etwas Nettes sagen wollen, stieg dann aber nur aus, und er fuhr davon.

Am Montag wollte sie mit Zefferino zum Markt nach Camucia. Sie wollte Kupfersulfat für die Weinstöcke besorgen, Petunien und Blumentöpfe für die Veranda und Chilischoten, falls man sie in diesem Jahr noch pflanzen konnte.

Sie fuhren mit Zefferinos altem weinroten Panda die zwanzig Kilometer zum Ort.

Camucia schlängelte sich in einer Reihe von Häusern die Straße entlang. Es besaß nichts von dem Charme, der dem auf dem Hügel liegenden Cortona zu eigen war.

An den Marktständen wurde alles verkauft, was das Herz begehrte: von Weidenkörben über Stoffe mit Assisi-Stickereien, Spanferkel und toskanischen Käse bis hin zu Obst und Gemüse. Außerdem Kochgeschirr, Teller, Küken und Hühner.

Sveva handelte einen guten Preis für die Chilipflanzen aus, kaufte Blumen und eine wunderschöne bestickte Tischdecke, die sich perfekt auf dem langen Klostertisch in ihrer Küche machen würde.

Auf der Rückfahrt aßen sie bei heruntergekurbelten Fenstern *Torta al testo* mit Schinken, schwatzten fröhlich, fuhren an Feldern voller Sonnenblumen vorbei, an verlassenen Bauernhäusern und erfreuten sich an der Schönheit der umbrischen Landschaft, die um diese Jahreszeit ihren Höhepunkt erreicht hatte.

Ganz besonders in solchen Momenten dachte Sveva an ihren Vater.

Daran, wie es wohl wäre, mit ihm ein Stück Brot zu teilen. An die Leere, die er in ihr hinterlassen hatte und die sie erfolglos schon ihr ganzes Leben lang zu füllen versuchte.

Warum? Warum nur, Mamma, hast du ihn aus meinem Leben ferngehalten?

Sie waren nun schon auf der unbefestigten Straße, und die Zypressen zogen an den Fenstern vorüber. Das Korn leuchtete in dunklem Gold.

Sie verabschiedete sich von Zefferino und ging ins Haus. Die Petunien sollte sie einpflanzen, bevor sie vertrockneten, also nahm sie Erde und Handschuhe und setzte die Blumen in die eben gekauften Töpfe. Als sie fertig war, betrachtete sie zufrieden ihr Werk.

Weiß, lila und fuchsiafarben verschönerten sie nun die roten Steine der Veranda. Dann waren die Chilipflanzen an der Reihe, sie stellte sie auf den Boden in die Sonne und befeuchtete die Erde nur ein wenig.

Sie betrachtete gerade die kleinen, noch unreifen Früchte an ihren dünnen Stängeln, als ein weißer Lieferwagen in der Einfahrt parkte.

Ein Mann mittleren Alters mit Baseballkappe, kurzer Hose und grünem Unterhemd stieg aus.

»Hallo«, grüßte er, nahm seine Kappe ab und wischte sich mit einem Tuch den Schweiß von der Stirn. »Heiß heute, nicht wahr?«

»Hallo«, gab Sveva zurück. »Kommen Sie rein und trinken Sie erst einmal etwas Kaltes, bevor Sie mit der Arbeit anfangen.«

Der Maler folgte ihr ins Haus, trank einen Eistee und zog dann seine Malersachen an. »Ich fange mit den alten Stallungen an, richtig?«

Sveva wusch sich die Hände, wobei sie auch ihre Handgelenke und den Hals mit Wasser benetzte. »Ja, ich zeige Ihnen jetzt alles.«

Der Stall bestand aus einem riesigen Raum mit gewölbter Decke, an dessen Wänden die weiße Farbe abblätterte und den Blick auf die alten Steine darunter freigab.

»Das muss alles komplett erneuert werden. Brauche ich mindestens vier Arbeitstage für«, stellte der Maler nach einem fachmännischen Blick auf den sich ablösenden Putz fest.

Sveva nickte. »Ich habe keine Eile.«

»Sehr gut.« Der Mann bückte sich, nahm einen Spachtel und fing an, den unteren Putz abzukratzen.

»Ich müsste noch etwas erledigen, brauchen Sie mich noch?«

»Nein, gehen Sie ruhig. Ich habe alles, was ich brauche.«

»Ich bringe Ihnen noch eine Flasche kaltes Wasser. In ungefähr zwei Stunden bin ich zurück.«

Auf dem Weg zu Malvina genoss sie den Anblick des goldenen Korns auf den Feldern, das Zirpen der Grillen und die Sonne, die ihre bloßen Arme und Beine wärmte.

Malvina und sie wollten zusammen einen Kuchen backen. Zuerst wuschen sie in einem großen weißen Keramikteller Hagebutten. Hin und wieder naschte Sveva eine der Beeren und genoss ihren süßen Geschmack.

»Nimm die kleinsten, das sind die besten.« Malvina nahm ein paar reife Früchte und steckte sie ihr in den Mund.

Die Süße war unglaublich intensiv.

»Kochen ist Liebe. Man muss sehr achtsam dabei sein.«

Sie gaben die Beeren zum Kochen in einen Aluminiumtopf, der mit Wasser und Zucker gefüllt war, und warteten.

Malvina war ernst, aber jedes Mal, wenn sie eine Zutat berührte, hellte sich ihr Blick auf.

»Und jetzt«, kündigte sie an, »machen wir Mürbeteig.«

Unter Malvinas Anweisung nahm Sveva Butter, Zucker, Mehl und Zitrone.

»Im Teig braucht jede Zutat ihren Platz. Denk an die Liebe, Sveva.«

Sie versuchte, sich so zu konzentrieren, wie sie es bei der *Torta al testo* getan hatte, aber es gelang ihr nicht.

Dachte sie an die Liebe, fand sie nur eine große Leere in ihrem Kopf. Und Zorn in ihrem Herzen.

Die Liebe von Sasha suchte sie nicht, an der hatte es ihr nie gefehlt.

Nein, es war die Art von Liebe, die ein Kind von seiner Mutter oder von seinem Vater einfordert. Bedingungslose Liebe.

»Ich spüre überhaupt nichts«, flüsterte sie mit belegter Stimme.

»Schließ die Augen und horch in dich hinein.«

Sveva schloss die Augen, aber ihr Herz blieb stumm.

»Malvina, ich kann das nicht. Bitte …«

Malvina legte ihre Hände mit sanftem Druck auf die von Sveva.

»Sieh in dich hinein. Konzentriere dich darauf, wie das Mehl duftet, auf deine Erinnerung an die Tage im Sommer; darauf, wie zwischen deinen Fingern die Butter langsam schmilzt, so weich wie die Hand deiner Mutter auf deiner Wange ...«

Sveva sträubte sich gegen diese Berührung, wand sich wie ein gefangener Vogel. Sie wehrte sich mit Händen und Füßen gegen ihre Erinnerungen, gegen den Schmerz. Den Verlust. Tränen, die sie nicht aufhalten konnte, verschleierten ihren Blick.

Dann spürte sie, wie Malvinas Arme sie umschlangen, sie an sich drückten, und sie sog ihre Wärme ein wie Luft zum Atmen.

Zurück zu Hause, war sie noch immer so durcheinander und traurig, dass sie sich nur noch aufs Bett werfen und schlafen wollte, ohne nachzudenken. Aber in der Einfahrt wartete der Maler mit einem seltsamen Gesichtsausdruck auf sie.

»Ich habe etwas gefunden ...«

Überrascht blieb Sveva stehen.

»Kommen Sie mal mit.«

Unter dem aufgeplatzten Putz kam neben den alten Futtertrögen im grellen, schonungslosen Licht des Nachmittags eine naive Malerei zum Vorschein; die Rückenansicht eines Mannes und einer Frau in inniger Umarmung. Schwarzes und rotes Haar, ineinander verwoben wie nacheinander greifende Finger. Und Indigo, überall. Es breitete sich vom Vorder- in den Hintergrund aus, bis es in der Ferne mit dem Meer verschwamm.

Als wäre die Skizze, die Sveva in der Schublade gefunden hatte, zum Leben erweckt worden.

Papà.

Papà, du bist hier, direkt vor mir.

Unbeweglich und kaum in der Lage, die Tränen zurückzuhalten, starrte sie auf die Wandmalerei, die die ganze Mauer bedeckte.

Schritt für Schritt näherte sie sich, ihre Beine waren weich wie Gummi. Sie blieb stehen und entdeckte zwei abblätternde schwarze Buchstaben, die in einem eleganten Bogen zueinanderfanden: S.B.

Sie zeichnete sie mit den Fingerspitzen nach, die raue Farbe war deutlich unter den Kuppen zu spüren.

»Was machen wir damit, Signorina? Entfernen?«

Sie brauchte lange, um zu antworten. So lange, dass es wie eine Ewigkeit erschien.

»Nein«, flüsterte sie. »Lassen Sie es, wie es ist.«

»Wie Sie wünschen, Signorina.«

»Sie können jetzt gehen. Wir sehen uns morgen früh.«

Der Maler sah sie überrascht an. »Ich habe gerade erst angefangen, aber wenn ...«

Sveva lächelte. »Keine Sorge. Es kommt mir nicht auf den einen Tag an. Gehen Sie ruhig.«

Der Mann stand da und schüttelte verwirrt den Kopf. Dann zog er den Maleranzug aus und steckte ihn zurück in seine Tasche. »Dann lasse ich hier alles so, wie es ist. Bis morgen.«

Sveva setzte sich auf den Boden, mitten in all den alten Putz.

Die Wandmalerei war von ergreifender Schönheit.

Die Figuren bewegten sich schattenhaft in der beseelten Landschaft, lebendig pulsierten die Farben. Sie war erfüllt von Leben. Dies *war* Leben, war Liebe. Ein Zeichen, das die Zeit überdauern sollte. Das Zeugnis eines Gefühls, dass Unsterblichkeit verdiente. Sie musste sich nichts vorstellen, sie wusste alles.

Als wäre die Leere in ihrem Leben plötzlich angefüllt mit diesem Indigo, mit dem Gelb des Korns, dem Rot der Mohnblumen. Als ob in diesem Moment die Zeit stehen geblieben wäre.

Mit den Fingern fuhr sie die Umrisse des Männerkopfes nach.

Sie spürte Tränen auf ihrem Gesicht, den Wangen, der Nase. Sie wehrte sich nicht mehr, ließ die Tränen laufen, bis keine mehr da waren.

Das war dein Traum, Papà. Ich habe dich wiedergefunden.

18.

Der Mond stand schon hoch am Himmel, als Sveva sich aus der Benommenheit löste, die sie ergriffen hatte. Sie ging auf die Einfahrt hinaus und führte instinktiv die Hand an das Medaillon. Es glühte. Das seltsame Verlangen, über die Felder zu rennen, wie sie es als Kind getan hatte, überkam sie.

Sie ging den Weg hinunter, spürte die spitzen Steine unter den Plastiksohlen ihrer Flipflops. Nachts schimmerte hier das tanzende Licht der Glühwürmchen, und in der Tageshitze erhob sich Staub auf dem langen Pfad. Zwischen den von der Sonne ausgedörrten Stoppeln auf den Feldern leuchteten die Augen einer davonlaufenden Katze auf, am Feldrand huschte ein kleiner Igel entlang. Dann sah sie die Lichter des Hauses und beschleunigte ihre Schritte.

In ohrenbetäubender Lautstärke schallte ihr *Nothing Else Matters* von Metallica entgegen.

Sie klopfte. Wartete. Klopfte noch einmal, diesmal fester und mit der flachen Hand. Zwei-, dreimal. Dann rief sie.

Die Tür öffnete sich einen Spaltbreit, und Rurik erschien. Sein Gesicht war ein einziges Schlachtfeld.

»Was willst du?«, fragte er undeutlich.

Svevas Mut sank. Sie bekam kein Wort heraus. Jetzt bereute sie, hergekommen zu sein.

»Ich schreibe gerade …« Sein Zustand war bemitleidenswert, er taumelte und musste sich an den Türrahmen lehnen, um nicht zu stürzen. Der Kopf sank ihm auf die Brust, und seine Beine gaben nach.

Sveva stützte ihn. Er stank. Nach Wein, nach Erbrochenem.

»Dir geht es ja gar nicht gut. Ich bringe dich rein.«

Rurik wandte sich ab, er bewegte sich langsam und unbeholfen. »Hau ab, geh.«

»So lasse ich dich nicht allein.« Sie legte einen Arm um seine Taille. »Wie viel hast du getrunken, verdammt?«

Mit einem schiefen Grinsen im Gesicht stieß er sie von sich. Absolut unerträglich. Er murmelte irgendetwas auf Norwegisch. Stolperte, stürzte aber nicht. Sveva wagte nicht, ihn noch einmal zu berühren.

»Hau aaaab. Geeeeh!«

Sie zuckte zusammen, als er ihr die Tür vor der Nase zuschlug, und blieb, wo sie war, im Dunkeln, benommen, durcheinander und hätte am liebsten geweint.

Die Nacht wollte kein Ende nehmen. Verzweifelt drückte sie ihr Gesicht ins Kissen, wo sie auf verborgene Sterne hoffte.

Regenwolken zogen auf, und am See erhob sich Wind, der durch das offene Fenster hereinwehte. Sveva streckte ihm die Arme entgegen. Einen Moment lang war es, als würde sie zu einer Taube; sie flog über das Dach des Bauernhauses, über die Felder, sie konnte Rurik sehen, der auf dem Bett lag und sich die Seele aus dem Leib spie, das Grab ihrer Mutter und die Kornblumen, die sie ihr als Kind ins Haar gesteckt hatte.

Sie hoffte, dass der Wind ihr Mut zusprechen könnte, doch alles war verworren. Sie fuhr über das Medaillon, das diesmal kalt unter ihrer Hand lag.

Am nächsten Morgen ging sie zu Malvina, die gerade Brombeeren in ein Passiergerät füllte.

Als sie Svevas energische Miene sah, warf Malvina den Kochlöffel in den Topf, stellte das Passiergerät auf den Tisch und trocknete mit der Schürze ihre schweißbedeckte Stirn. Dann sah sie Sveva fragend an.

»Ich will wissen, wer mein Vater war.«

Malvina zeigte auf einen Stuhl. »Ich mache einen Tee.«

»Mir ist gerade nicht nach Tee.«

»Jetzt setz dich erst mal. Und beruhige dich.«

Sveva sah auf den roten Terrakottaboden.

Sie zitterte.

»Der Maler hat in den alten Stallungen am Bauernhaus eine Wandmalerei zutage gebracht. Mein Vater hat sie gemalt. Ich weiß es.« Die Worte sprudelten nur so aus ihr heraus. »Hast du ihn kennengelernt?«

Malvina hielt ihrem Blick stand.

»Ob du ihn kennengelernt hast. Ja oder nein? Antworte mir, verdammt.«

»Ich habe ihn ein einziges Mal gesehen.«

Sveva atmete tief durch und schloss die Augen. Sie musste sich beherrschen. Beherrschen und das alles begreifen. »Das sagst du mir einfach so? Nach all den Jahren? Nachdem ich ein ganzes Leben lang gelitten und gehofft habe?«

»Ich kann mir gut vorstellen, wie hart das alles für dich gewesen ist, Liebes.« Malvina wollte ihr übers Haar streichen, aber Sveva wandte sich ab.

»Überhaupt nichts weißt du!«

Donnergrollen zerriss die Luft.

»Es tut mir leid. So leid.«

Tränen rannen über Svevas Gesicht. »Warum?«, rief sie. »Warum?«

»Weil es jetzt an der Zeit ist, die Wahrheit zu erfahren. Das Leben hat seinen Lauf genommen, und nun bist du bereit.« Malvina ließ ihren Blick traurig über Svevas Gesicht wandern. »Hätte es in meiner Macht gestanden, ich hätte dir all die Jahre voller Schmerz und Abgründe erspart, aber niemand kann ändern, was schon geschrieben steht. Du wirst an deiner Vergangenheit nichts mehr ändern, aber dir eine Zukunft aufbauen können.«

Als Sveva schwieg, begann Malvina zu erzählen.

»Er war sehr schlank, seine Hände immer voll blauer Farbflecken, und seine Augen hatten die Farbe von Basalt. Sein Akzent und sein dunkler Typ fielen mir sofort auf. Ich dachte, er wäre Grieche, aber er sagte, er sei aus Tropea in Kalabrien. Wir trafen uns das erste und einzige Mal bei euch im Bauernhaus, er war für ein paar Tage da, musste dann aber nach Florenz, wie Ljuba sagte.« Malvina seufzte. »Sie waren so verliebt, *cittina*. Wir haben zusammen gegessen, und am Tag darauf ist er gefahren. Ich habe ihn nie mehr wiedergesehen.« Sie legte die Hände in den Schoß.

Sveva atmete tief ein. »Mehr weißt du nicht?«

»Nein, aber ich habe etwas für dich.« Malvina ging zum Bücherregal, nahm ein altes Schulbuch heraus, schlug es auf und blätterte es bis zur letzten Seite durch. Dann zog sie ein mehrfach gefaltetes Stück Papier daraus hervor, ein kleines weißes Quadrat. Mit zitternder Hand reichte sie es Sveva.

Sveva nahm es, hielt es unentschlossen in der Hand.

»Was ist das?«, fragte sie mit unsicherer Stimme.

»Das ist eine Abschrift von Ljubas Brief an deinen Vater. Irgendwie wusste sie, dass sie ihn für immer verloren hatte.«

In Svevas Herzen wütete ein Sturm, ihr Kopf riet ihr, dies nicht zu tun. Aber sie tat es trotzdem.

Sie entfaltete das Papier, holte tief Luft und las.

Mein Liebster,
es kommt mir vor, als hättest du mich schon eine Ewigkeit nicht mehr in deine Arme geschlossen.
Ich bin wieder in Umbrien und sitze hier am Tisch in unserem Bauernhaus, wo deine Küsse den Geschmack von Kaffee trugen und dein Bart meine Haut wundrieb. Ich bewahre die Erinnerung an dich genauso teuer wie die größte Kostbarkeit, die nun in mir heranwächst. Ja, Liebster, ich erwarte ein Kind von dir.
Ich werde es hier, wo alles angefangen hat, auf die Welt bringen. An dem einzigen Ort, der mir ein Zuhause ist und wo ich deine Anwesenheit noch in jedem Zimmer spüren kann. Dann wird es für mich sein, als ob du bei mir wärst. In einigen Tagen ist es so weit, ich fühle mich stark und gesund, und das Kind bewegt sich munter in meinem Bauch. Es will bald die Welt sehen.
Ich weiß, du wirst kommen. Ich kann es gar nicht abwarten, dich wieder in meine Arme zu schließen.
Wir freuen uns auf dich,
Ljuba

Der Brief war mit einem blauen Pastellstift geschrieben. Nein, nicht blau. Indigo.

Die Farbe, die seine Wandmalerei in den alten Stallungen dominierte. Das Indigo, von dem Ljuba gesprochen hatte.

Sveva faltete das Papier wieder zusammen und umschloss es fest. In ihrer Hand lagen nun ihrer Mutter Hoffnung, Liebe und Träume, von denen sie nichts geahnt hatte, und sie drückte fest zu, damit ihr auch ja nichts davon entgleiten konnte. Langsam fanden die Puzzleteile zusammen, diese miteinander verwobenen, unvollständigen Existenzen.

»Erzähl«, bat sie. »Ich will alles wissen, Malvina. Die ganze

Geschichte, alles, was mir verschwiegen wurde. Ich muss es wissen.«

Malvina öffnete Svevas Faust, nahm das Papier und ergriff ihre Hände.

»Als du geboren wurdest, fegte der Nordwind schon den ganzen Tag über die Felder. Deine Mutter hatte Wehen und lief in der Küche auf und ab, die Hände in die Hüften gestemmt. Immer wieder fragte sie nach deinem Vater, wollte ihn unbedingt bei sich haben. Sie wollte nicht wahrhaben, dass er nicht da war, so sehr liebte sie ihn.« Ihre tief glitzernden Augen studierten Svevas angespannte Miene. »Ich sagte ihr, sie solle ins Krankenhaus fahren, aber sie wollte dich im Bauernhaus zur Welt bringen. Also lief ich zu Fiorella und beschwor Wind, Erde und Wasser, deiner Mutter genug Kraft für die Geburt zu schenken.«

Malvina schwieg einen Moment. Sie drückte Svevas Hände noch stärker. »Fiorella hat dir auf die Welt geholfen, sie hat dich in Milch und Honig gebadet und gesegnet.«

Sveva wand ihre Hände aus Malvinas Griff. Trotz der Tränen in ihren Augen blickte sie Malvina kalt an. »Warum hast du die ganze Zeit nichts gesagt? Du wusstest alles. Seit Jahren wusstest du das alles und hast mir nie etwas davon erzählt.«

Malvina schluckte und versuchte, Sveva in die Arme zu nehmen, doch die hatte eine Mauer aus Zorn und Angst zwischen ihnen errichtet. »Ich wollte es dir nicht so schwermachen ... Manchmal ist es besser, die Dinge ruhen zu lassen.«

»Als du herausbekommen hast, dass dein Onkel dein wirklicher Vater ist, wolltest du das auch nicht.«

»Komm mal mit.«

Sie nahm ihren Arm. Sveva sträubte sich, hatte Malvina aber noch nie so resolut erlebt, ihre Augen nie so blitzen sehen.

Über eine Galerie gelangten sie ins obere Stockwerk, gingen

dann durch eine Tür und kamen über einen langen Korridor in einen Teil des Hauses, der Sveva gänzlich unbekannt war.

Spinnweben hingen an den weißgekalkten Wänden und den Deckenbalken.

Malvina schob sie durch eine Tür in ein großes, mit Büchern vollgestopftes Zimmer: Bücher in Regalen an den Wänden, aufgeschichtet in den Ecken, auf Stühlen und dem Boden, wo sie bis fast an die Decke gestapelt lagen.

»Setz dich«, sagte sie mit fester Stimme und stellte ihr den einzigen noch freien Stuhl hin.

Sveva hatte keine Vorstellung, was nun passieren würde, aber sie gehorchte.

Malvina öffnete einen Koffer, der in einer Ecke stand, und holte einen ovalen Spiegel aus Bronze daraus hervor.

Sie wandte sich wieder an Sveva und gab ihn ihr. »Der gehörte deiner Mutter.«

Sveva nahm den Spiegel, betrachtete ihn und versuchte, sich auf ihren Herzschlag zu konzentrieren. Aber da war noch ein anderer Herzschlag. Und ein sanfter Hauch ging über ihr Haar, irgendetwas war hier neben ihr. Alles Licht war aus dem Zimmer gewichen.

»Ich habe noch etwas.« Malvina gab ihr einen Bogen festes Papier. Darauf war eine maritime Landschaft gezeichnet; Fischer in ihren Booten, und im Hintergrund erstreckte sich ein Dorf auf einem Felsen.

»Das hat dein Vater für Ljuba gemalt.«

Sveva nahm es so vorsichtig in die Hände, als hätte sie Angst, es kaputt zu machen, wand es behutsam hin und her. Auf der Rückseite stand eine Widmung.

Mit tränenverschleiertem Blick las sie die Zeilen.

Meine trostlose Heimat, in der ich heute nur noch die Herrlichkeit der Farben sehe, Liebste. Eine Erinnerung, in Erwartung, dich bald wieder umarmen zu können.

Ihr schlug das Herz in der Brust wie der Flügelschlag eines Kolibris.

Ihr war schwindelig, sie sank tiefer in den Stuhl und schloss die Augen. Der Spiegel fiel in ihren Schoß. Sie spürte Malvinas sanfte Hände in ihrem Nacken.

»Mir geht es nicht gut.« Sie schauderte, als ob ihr ein eisiger Wind in die Knochen gefahren wäre.

»Komm.« Malvina half ihr aufzustehen und stützte sie.

Sie brachte sie in ein Zimmer mit einem kleinen Bett und einem Fenster, durch das ein heller Lichtstrahl fiel. Getrocknete Lavendelsträuße und Lorbeerblätter lagen lose über den Boden verteilt.

Malvina half ihr, sich hinzulegen, und deckte sie schließlich zu.

»Warte hier auf mich.«

Sveva schloss die Augen und versuchte, sich zu entspannen, war aber übermannt von all den Eindrücken, die noch in ihrem Kopf durcheinanderwirbelten. Ihr Vater. Ihr Vater nahm plötzlich mehr Gestalt an denn je. Sie krümmte sich eng zusammen, legte die schweißbedeckte Stirn an die angewinkelten Knie und hoffte, dass dieser Zustand bald vorbeigehen würde.

»Trink das.« Malvina gab ihr eine dampfende Tasse. »Das ist ein Aufguss aus Weißdorn, Lavendel und Lindenblüten. Er ist sehr beruhigend.«

Sveva nahm einen Schluck und verbrannte sich an der bitteren, heißen Flüssigkeit die Zunge.

»Du musst ihn ganz austrinken.«

Sie fiel in einen unruhigen Schlaf, ihre Glieder waren so

leicht, dass sie sie kaum spürte. Sie träumte von kristallklarem Meer mit Seesternen auf dem Grund.

Und sie träumte von ihrer Mutter, schön und strahlend, wie sie in ihrer Erinnerung war. Sie saß im weißen Sand und lachte, die Wellen liefen über ihre nackten Füße, und das alte Dorf wachte über sie.

19.

Der Traum war so real, dass Sveva aus dem Schlaf hochschreckte.
Warmes Licht fiel durch die Vorhänge und erfüllte das ganze Zimmer.

Im ersten Moment wusste sie nicht, wo sie war, aber dann erinnerte sie sich. Sie bettete den Kopf in die Kissen und ließ sich die Sonne aufs Gesicht scheinen. Ihr war leicht schwindelig und ihre Beine waren eingeschlafen, aber sie musste nach Hause gehen, musste ihre Gedanken ordnen.

Auf der Kommode neben dem Bett lagen ein mit einem roten Band verschlossenes Säckchen, das nach Mohn und Malve duftete, und ein Zettel.

> Cittina, *wenn du aufwachst, wirst du nach Hause wollen, ich weiß. In dem Säckchen ist eine Teemischung, die ich für dich zubereitet habe. Sie wird dir helfen, Ruhe zu finden.*
> *Wie ich dir schon gesagt habe, gibt es noch mehr, das du wissen solltest, wenn du deinen Vater noch finden möchtest.*
> *Malvina*

Sveva holte tief Luft. Sie nahm das Säckchen und steckte den Zettel in ihre Hosentasche. Erst einmal würde sie zum Bauernhaus gehen, alles Weitere konnte sie später entscheiden.

Sie lief über den Weg durch die Felder, atmete tief ein und ließ den Blick zwischen hohem Gras und wilden Blumen hin und her wandern. Nach den Bildern in Ljubas Spiegel spendete ihr dieser Anblick Trost.

Trotz ihrer unerfreulichen letzten Begegnung hatte sie das starke Bedürfnis, Rurik zu erzählen, was sie gesehen hatte.

An der Gabelung wandte sie sich nach rechts. Es war nicht einfach nur Instinkt, der sie lenkte, sondern ein Ruf. Etwas, das außerhalb ihres Willens lag.

Nachdem er sie so grob fortgeschickt hatte, hätte sie eigentlich nicht mehr mit ihm reden sollen, und doch fand sie sich vor seiner Haustür wieder.

So schnell wollte sie kein Urteil über ihn fällen.

Alles war still.

Sie klopfte. Eine Frau mit einem Besen in der Hand öffnete.

»Hallo«, grüßte sie ein wenig überrascht. »Ist Signor Olafsson da?«

»Nein, ist heute Morgen abgereist«, antwortete die Frau.

Sveva sah sie sich genauer an. Sie trug eine Schürze und Hausschuhe. Wahrscheinlich seine Putzkraft, dachte sie.

»Wissen Sie, wo er ist?«

Die Frau zuckte mit den Schultern. »Nein, tut mir leid. Sagt er nie.«

Sveva nickte. »Danke.«

Sie verabschiedete sich, blieb aber stehen, unfähig, sich zu bewegen. Vielleicht ließ er sich nur verleugnen. Sie sah zu den geöffneten Fensterläden hinauf.

Und wenn sie einfach ins Haus einstieg, um herauszubekommen, ob er tatsächlich nicht da war?

Nachdem die Frau die Tür geschlossen hatte, stand sie noch einige Minuten zögernd da und wartete darauf, dass irgendetwas auf Ruriks Anwesenheit hinwies. Doch nichts geschah.

Schließlich machte sie sich nervös eine Zigarette an und ging zum Bauernhaus zurück.

Wenn er sie sehen wollte, dann wusste er ja, wo sie zu finden war.

Sie ging zum Monte Ruffiano hinauf. Der Turm reckte sich in den rotgoldenen Himmel.

Zu ihren Füßen wogte das Gras im Wind. In solchen Momenten ruhte Friede in ihr, wenn auch nur kurz.

Rurik ...

Eigentlich war er doch auch nicht besser als irgendjemand sonst. Aber nun war sie hierhergekommen, an den Ort, den er ihr gezeigt hatte, und sie hoffte, ihn hier ein wenig besser verstehen zu können. Das Aufblitzen in seinen Augen hinter diesem finsteren Blick. Sie pflückte eine Hagebutte und zerquetschte sie zwischen den Fingern. Wäre Sasha hier, würde sie schimpfen.

Natur ist Erinnerung.

Sie schloss die Augen, und ihre Gedanken drifteten einem anderen Ort, einem anderen Abschied zu. Erinnerungen an Sasha und die Zeit, in der sie alle noch zusammen gewesen waren. Bevor Sasha weggegangen und Ljuba gestorben war.

Rom im Glanz der Weihnachtsdekoration.

Ljuba machte Besorgungen, Sveva stand am Fenster und bewunderte die weißen und blauen Lichter in der Via Ottaviano.

Die Stille im Haus wurde nur vom Ticken der Pendeluhr im Wohnzimmer durchbrochen. Sveva hörte nicht, wie sich ein Schlüssel im Schloss drehte und die Tür geöffnet wurde. Erst als sie Schritte hörte, drehte sie sich um.

»Mach das Fenster zu, es ist kalt.« Sasha zog den Mantel

aus und warf ihn auf das Sofa, ihren langen Schal noch um den Hals geschlungen. »Müsstest du nicht lernen?«

Sveva schnaufte. »Du bist so eine Nervensäge! Schau doch mal, wie schön es draußen ist.«

Ihre Schwester zuckte mit den Schultern. »Ist doch jedes Jahr das Gleiche, Sveva, bist du es denn nie leid?« Dann lächelte sie und holte ein Päckchen aus ihrer Tasche. »Für dich«, sagte sie und reichte es Sveva.

Sveva betrachtete das mit Silbersternchen verzierte Papier mit der goldenen Schleife drum herum und sah ihre Schwester verwundert an.

»Weihnachten ist doch erst in zehn Tagen.«

Sasha sah zu Boden, als müsste sie die richtigen Worte suchen, dann fiel sie Sveva plötzlich um den Hals.

»Was hast du?« Sveva verstand das alles nicht. Sie rückte etwas von ihr ab, sah sie an. Sashas Augen glänzten, und sie biss sich auf die Unterlippe.

»Was ist los?«

Ein Seufzen, lang und leidvoll, war die Antwort. Doch dann sprudelten die Worte nur so hervor.

»Ich fahre nach Indien, Schatz. Erinnerst du dich noch, dass ich mich bei *Ärzte ohne Grenzen* beworben habe? Die haben mich genommen.«

Sveva ließ das Päckchen fallen, stumm wich sie einen Schritt zurück. Sasha hob es wieder auf. »Das ist dein Weihnachtsgeschenk.«

Sie wollte es ihr geben, aber Sveva schüttelte den Kopf.

»Wann fährst du?« Sie hatte einen Kloß im Hals.

»Übermorgen.« Sasha fuhr sich mit der Hand über das Gesicht. »Das alles geht sehr schnell, ich weiß, aber bitte versteh mich … Du weißt doch, das ist mein Lebenstraum.« Sie strich ihr über die Wange. »Bitte, Sveva, nimm es mir nicht übel.«

Sveva seufzte und versuchte, die Tränen zurückzuhalten, die gegen ihre Lider drückten. »Ich freue mich für dich.«

»Mach dein Geschenk auf.« Sie drückte es ihr in die Hände. »Ich hab dich lieb, Kleine. Frohe Weihnachten.«

Sveva entfernte das Band und das Papier. Es war ein kleines Buch über Feen.

Überrascht sah Sveva ihre Schwester an, die ihr einen Kuss gab und sie dann an sich drückte. »Versprich mir, dass du nie aufhören wirst, an Magie zu glauben, was auch passieren mag.«

Und jetzt, wo war sie geblieben, die Magie?

Nirgendwo spürte sie etwas davon, nicht im Wind, nicht in all der Schönheit, die sie umgab. Die untergehende Sonne legte ihre Farben um die Turmspitze auf dem Monte Ruffiano und ließ den Hügel in tiefrotem Licht erstrahlen.

Bald würde es dunkel sein.

Es war Zeit, nach Hause zu gehen.

Am nächsten Tag stand Sveva sehr früh auf und wollte gleich Sasha schreiben.

Sie schaltete den Laptop ein. Draußen war es noch düster, aber das erste Licht der Dämmerung sickerte bereits perlmuttfarben in die Dunkelheit.

Sie öffnete den Browser und sah rasch die Nachrichten der Onlinezeitungen durch. Dann erstarrte sie. Ihre Hände wurden schweißnass.

Internationale Nachrichten: Oslo.

Ein Foto.

Sie schloss die Augen. Vielleicht bildete sie sich das alles nur ein.

Öffnete die Augen wieder. Er war noch immer da.

Schön wie ein nordischer Gott aus dem Märchen. Blaues

Hemd unter schwarzer Jacke, Jeans. Lächelnd drückte er eine junge Frau an sich, die ihn bewundernd ansah.

Der norwegische Schriftsteller Rurik Olafsson wird mit dem angesehenen Literaturpreis des Nordischen Rates ausgezeichnet.

Wieder schloss sie die Augen. Das Herz zitterte in ihrer Brust.

Nein, das konnte er nicht sein.

Sie traute sich nicht, den Artikel zu lesen. Die Worte, die sie hier und da wahrnahm, brannten in ihren Augen.

Rurik Olafsson mit seiner jungen neuen Freundin.

Energisch klappte sie den Laptop wieder zu. Ihre Hände tasteten nach den Zigaretten auf dem Tisch.

Sie zündete sich eine an, nahm einen tiefen Zug.

Das würde sie ihm nicht durchgehen lassen, mit ihr würde er keine Spielchen treiben! Sie marschierte im Stechschritt zu Ruriks Haus, ein Blatt Papier in der einen, einen Hammer in der anderen Hand.

Ihr Zorn war so unbändig, dass sie ganz außer Atem dort ankam.

Nicht einmal die Stille rundherum vermochte sie zu beruhigen.

Sie holte zwei Nägel aus der Hosentasche und hämmerte das Papier mit Genugtuung an die Tür. Er würde es lesen und dann wissen, was sie von ihm hielt. Und sollte er wieder vor ihrer Tür stehen, dann würde sie ihn zum Teufel schicken. Das hatte er verdient.

Sie sah sich noch einmal ihre Nachricht an, drehte sich um, ging den Weg zurück und hoffte, die Schönheit der Landschaft würde sie beruhigen.

Die restliche Woche war sie ständig beschäftigt. Sie ging noch einmal in den Ort und trank einen Kaffee in der Bar Centrale, wo sie endlich auch ein paar Worte mit Anna wechselte, unternahm lange Spaziergänge am Seeufer, kochte, besuchte Malvina und Zefferino.

Der Maler hatte die Stallungen fertig angestrichen, und zwischen den milchweißen Wänden stach die Wandmalerei in einem wahren Farbenfest hervor.

Sveva sah jeden Abend nach, ob sie noch da und nicht nur ihrer Fantasie entsprungen war. Sie setzte sich auf den Boden und betrachtete das Bild. Die lebendigen Farben leisteten ihr Gesellschaft, nahmen ihr die Einsamkeit. Es war, als umarmte sie ihren Vater, und das Bedürfnis, einen Menschen aus Fleisch und Blut mit dem Gemälde verbinden zu können, wurde immer stärker.

20.

Zefferino hatte den Gemüsegarten fertig umgegraben, und der Boden war bedeckt von großen Klumpen schwarzer feuchter Erde. Sveva winkte und öffnete das Gartentor. Am Arm trug sie einen Weidenkorb voller Rosen und Lavendel, deren Blüten sie an der Trockenmauer um das Haus herum gesammelt hatte.

Sie sah hoch zur Veranda, und ihr Herzschlag setzte aus. Auf den Stufen saß Rurik und sah zu ihr herüber.

Der Korb fiel ihr aus den Händen, und die Blumen verteilten sich zu ihren Füßen.

Sie rührte sich nicht, war zu keiner Bewegung fähig.

Er stand auf und kam mit ernster Miene auf sie zu.

Sveva fühlte, wie sie rot wurde. Am liebsten hätte sie ihn geohrfeigt.

»Ich bin gestern Abend wiedergekommen und wollte mal vorbeischauen.«

»Das hättest du dir sparen können«, antwortete sie trocken und bückte sich, um die Blumen wieder einzusammeln.

»Aha.« Ruriks Gesicht verfinsterte sich.

Sie warf ihm einen wütenden Blick zu. »Du kannst dahin verschwinden, wo du hergekommen bist.« Sie ging an ihm vorbei, drehte sich aber sofort wieder nach ihm um. »Und grüß mir deine neue Flamme.«

Sie hörte ihn lachen und spürte dann seinen Griff an ihrem Arm.

»Bist du deshalb so?«

Als sie sich nicht umdrehte, schüttelte er sie. »Antworte mir, bist du deshalb so?«

Sveva wand sich aus seinem Griff. »Ja!«, schrie sie ihm ins Gesicht. »Und du hast nicht mal den Mut gehabt, es mir zu sagen!«

Ruriks Blick hellte sich auf. »Das ist meine Tochter.«

»Na klar.«

Er schnaufte. »Ich glaube nicht, dass du wirklich denkst, was auf dem Zettel steht, den du an meine Tür genagelt hast.«

»Dass du ein Idiot bist? Doch, genau das denke ich.« Sie wandte ihm den Rücken zu, denn sie hatte nicht vor, diese überflüssige Unterhaltung fortzusetzen.

Sie stieg die Treppe zur Veranda hoch und wollte schnell im Haus verschwinden, doch Rurik folgte ihr.

Abrupt blieb sie stehen und sah ihn an. Er hatte sich rasiert, und seine Sommersprossen im Gesicht sahen aus wie hingetupfte Küsschen. Er wirkte viel jünger, wie ein Junge.

»Ich möchte mich bei dir entschuldigen. Du hättest mich nicht in diesem Zustand sehen sollen.«

Er kam näher, in seinen nordischen Augen tanzten kleine goldene Pünktchen. »Bitte.« Er senkte den Blick, als würde er auf dem Terrakottaboden nach den richtigen Worten suchen, dann sah er sie wieder an. »Wirf mir an den Kopf, was immer du willst. Ich weiß, dass ich keine gute Figur abgegeben habe.«

Sie sah ihn nur an.

»Ich habe dir etwas aus Oslo mitgebracht. Einen traditionellen Glücksbringer aus meiner Heimat.« Er holte ein kleines violettes Zinnherz aus der Hosentasche, an dessen Rückseite eine Sicherheitsnadel befestigt war.

Sveva blieb unbeweglich einen Schritt entfernt von ihm stehen. Sie starrte das Herz an, das er ihr hinhielt. Es war zierlich und vollkommen.

»Das kann ich nicht annehmen.«

Rurik nahm ihre Hand, legte den Gegenstand hinein und schloss ihre Finger darum. »Bitte, nimm es. Glaub mir, dass die Frau in den Zeitungen meine Tochter ist.« Er seufzte, holte schließlich seine Brieftasche hervor, öffnete sie und zog ein Passbild heraus. »Hier, das ist sie. Sie heißt Lena.«

Dieser Mann war stur, das konnte Sveva an seinem kräftigen Kiefer erkennen, an der hohen Stirn, an seinem entschlossenen Blick. Sie betrachtete das Foto, auf dem ein lächelndes Mädchen zu sehen war, dasselbe, das sie im Internet gesehen hatte. Sie drehte das Foto hin und her und entdeckte auf der Rückseite eine Widmung. Sie war auf Norwegisch geschrieben, aber das zweite Wort verstand sie – ein englisches mit einem gezeichneten Herz daneben: *Daddy*. Papà.

Sveva seufzte. »Und?«

»Komm mit zu mir«, bat er sie ernst. »Wenn du mir immer noch nicht glaubst, dann zeige ich dir alle Fotos von Lena, von ihrer Kindheit bis heute.«

»Wenn du wolltest, dass ich mir so richtig blöd vorkomme, dann ist dir das gelungen«, antwortete sie verstimmt.

»Nein«, sagte er und kam noch näher. »Ich will dir nicht wehtun.« Er schwieg kurz, hielt sie noch immer mit seinem Blick fest. »Nimm mein Geschenk an.«

»Ich habe nichts, das ich dir dafür geben kann.«

»Ich möchte auch nichts.«

Ihre Mutter hätte einen Mann wie Rurik geliebt, einen, der einfach gab, weil er es gerne tat, aber Sveva konnte den wut- und schmerzgetriebenen Rurik, den sie gesehen hatte, noch nicht vergessen. Und die Art, wie er sich davongemacht hatte.

»Ich weiß, dass Lila deine Lieblingsfarbe ist.«

Wer hatte ihm das gesagt? Malvina? Sveva seufzte und blickte zu Boden. »In Ordnung.«

Jetzt schien er beruhigt. Wieder schob er die Hand in die Hosentasche. »Ich muss dir noch etwas geben. Das habe ich in einem versteckten Fach hinter meinem Bücherregal gefunden. Ich weiß nicht, wie er dort hingekommen ist, aber der Name deiner Mutter steht auf dem Umschlag, da dachte ich, du solltest ihn bekommen. Das ist nur dein gutes Recht.«

Er zog ein zerknittertes Papier heraus.

Sveva nahm es. Der Wind wirbelte Staub in der Einfahrt auf und blies über Wunden, die sich noch nicht geschlossen hatten.

Anwaltskanzlei Naso
z. Hd. Ljuba Kadar

Tropea, 5. November 1984

Sehr geehrte Frau Kadar,
hiermit fordern wir Sie auf, Familie B. keine weiteren Briefe zukommen zu lassen. Wir sehen uns sonst gezwungen, rechtliche Schritte einzuleiten.

Mit freundlichen Grüßen
Avvocato Domenico Naso

Unfähig, ein Wort zu sagen, sah Sveva Rurik an.

»Du hättest dich da nicht einmischen dürfen.« Svevas Blick war eisig, als sie an den Feldern voller Mohn- und Sonnenblumen vorbeigingen. Ein Pferd graste einsam zu Füßen eines Eichenwäldchens.

Es war noch warm, aber Wind war aufgekommen und fuhr ihnen durchs Haar.

»Was habe ich denn falsch gemacht? Der Brief gehört doch dir. Du solltest mir dankbar sein.«

Sveva umschloss den Brief mit ihrer Hand. »Waren da noch andere Briefe?«

Er zuckte mit den Schultern. »Nein.«

»Du hättest das für dich behalten sollen.«

»Du bist unhöflich.« Rurik presste die Lippen zu einem schmalen Strich zusammen.

»Oh, entschuldige. Unhöflich, weil du dich die ganze Zeit in mein Leben mischst?«

Er blieb stehen, sein Gesicht war blass geworden. Sveva spürte seinen Zorn.

»Das will ich nicht und habe es auch nicht vor. Ich dachte, es würde dich freuen.«

Waren sie Feinde? Nein, das waren sie nicht.

Aber Sveva spürte das volle Gewicht dieser Worte. Er hatte den Brief gelesen, obwohl er kein Recht dazu hatte. Er hatte sich in ihr Leben eingemischt, ihre Privatsphäre verletzt.

Wie damals, als die anderen Kinder in der Schule sie schief ansahen, sich kichernd Witze zuraunten darüber, dass sie ein vaterloses Mädchen war, sie »Bastard« riefen, damit es auch alle mitbekamen.

Und sie war weggerannt. Als hätte sie es nicht besser gewusst. Umdrehen und wegrennen. Fliehen. Dieses Mal würde sie es anders machen. Sie würde den Weg zu Ende gehen.

Sie gingen durch das Holztor und bogen auf den von Zypressen gesäumten Weg ein, der zu Ruriks Haus führte.

Eine Aussicht auf Felder voller verwachsener, belaubter Olivenbäume öffnete sich, einige davon standen hinter einer niedrigen Trockenmauer. Nicht weit entfernt sah man das Lichterspiel auf dem See.

Zum ersten Mal nahm Sveva die Umgebung von Ruriks Haus bewusst wahr und schaute sich interessiert um. Was einmal die Einfahrt gewesen sein musste, war nun ein Garten voller Blumenbeete, die von großen weißen Steinen eingefasst waren. Petunien, Rhododendren und Kamelien explodierten förmlich in Fuchsia, Lila und Weiß. Zwischen den Beeten war der englische Rasen perfekt gemäht.

Auf der rechten Seite hing zwischen zwei Kakibäumen eine Hängematte, und weiter hinten an der Hausseite war ein weißer Pavillon mit einer erhöhten Liegefläche voller Kissen zu sehen. Auf dem Boden vier weiße Lampen.

Wilde Lavendelhecken umstanden den Garten an allen Seiten.

Sie stiegen die Treppen zum Eingang auf der mit Terrakotta gekachelten Veranda hinauf, die von Säulen und Bögen getragen wurde. Durch die geöffnete Tür drang ihnen süßer Duft nach gebackenem Mürbeteig und Obst entgegen.

»Malvina?«, rief Rurik.

»Wer sonst?«, murmelte Sveva vor sich hin und folgte ihm in die Küche.

Dort stand ein weißes Sofa, auf dem vier Katzen zufrieden vor sich hin schnurrten, ein grober Holztisch, eine apfelgrüne Einbauküche.

Malvina machte sich gerade an der Arbeitsfläche zu schaffen. Ihr volles weißes Haar war zusammengebunden, sie trug einen Rock, der ihr bis unter die Knie reichte, und Turnschuhe.

»Da seid ihr ja!«, begrüßte sie die beiden mit einem strahlenden Lächeln. »Rurik, mein Lieber, ich dachte, es freut dich, wenn ich hier ein wenig Ordnung schaffe. Ich habe auch Eistee zubereitet.« Ihre Begeisterung legte sich augenblicklich, als sie

Svevas eisigen Blick sah; einen Blick, der offenbarte, dass sie sich hintergangen fühlte. Dann entdeckte Malvina den Brief, den Sveva noch immer in der Hand hielt.

»Was ist das, wer hat dir das gegeben?« Malvinas Worte schwebten zwischen ihnen.

Sveva lachte und rieb sich die Augen, als ob sie müde wäre. »Noch so eine dumme Lüge auf meine Kosten, Malvina?«

Die schüttelte den Kopf. »Nein, nein, nein.«

»Ich habe ihn ihr gegeben. Habe ihn in einem Versteck hinter dem alten Bücherregal gefunden.« Rurik stemmte die Hände in die Hüften.

Sveva atmete tief ein. Der Wind stieß die Fensterläden auf und brachte Geruch nach Regen.

Malvina sah beide stumm an, dann ließ sie sich auf einen Stuhl fallen.

»Dieses Bauernhaus hier, dein Haus, Rurik, war das Haus von Fiorella.«

Der Regen prasselte gegen die Fenster, leicht, aber unermüdlich. Wenn Sveva die Augen schloss, dann konnte sie das Gesicht von Fiorella, der Hexe, sehen und eine noch junge Malvina, die ihr etwas aus einem ihrer geliebten Bücher vorlas. Oder das von Ljuba, die ihre Verbündete Malvina bat, den Brief des Anwalts zu vernichten, weil sie selbst es nicht gekonnt hätte.

»Niemand kann ein Geheimnis im Herzen bewahren, ohne Gefahr zu laufen, es früher oder später zu enthüllen«, sagte Malvina.

»Warum solltest du den Brief denn vernichten?«, fragte Sveva mit scharfer Stimme. Ihr Blick suchte in Malvinas Gesicht nach einer Antwort.

Malvina hatte die Augen halb geschlossen, wie eine große Katze. »Deine Mutter hat es mir nie sagen wollen.«

Sveva biss sich auf die Unterlippe. Zu viele Geheimnisse, zu viel Unausgesprochenes. Sie aber hatte ein Recht darauf, die ganze Geschichte zu erfahren. »Warum war dieser Brief hinter dem alten Bücherregal von Fiorella versteckt?«

»Ich hatte ihr davon erzählt, und sie sagte, es sei ein Fehler, ihn zu vernichten. Sie wusste, du würdest zurückkommen. Wusste, dass Rurik dieses Haus hier kaufen würde. Sie wusste, dass alles zur richtigen Zeit ans Licht kommen würde. Sie *sah* Dinge. Deshalb gab ich ihr den Brief, und Fiorella versteckte ihn. Und in diesem Versteck ist er all die Jahre geblieben.«

Sveva sah zu Rurik hinüber. In seinen Augen konnte sie etwas wie Mitgefühl erkennen, und er murmelte auf Norwegisch vor sich hin.

»Warum hast du mir nichts davon erzählt? Wozu all dieses Leid, Malvina?«

»Um dich dahin zu bringen, wo du jetzt bist, mein Schatz. Damit das Schicksal seinen Lauf nehmen kann.«

Eigentlich hätte Sveva dringend nach Camucia in die Gärtnerei fahren müssen, sie brauchte noch Begonien für die Töpfe im Garten. Stattdessen warf sie wahllos Kleidungsstücke in einen Koffer auf dem Bett.

Zefferino war früh gekommen und damit beschäftigt, einige Reparaturen am Holzschuppen vorzunehmen. Sveva hörte ihn singen, das tat er immer bei der Arbeit.

Er war der Einzige, der keine Fragen stellte, seitdem sie wieder im Bauernhaus wohnte. Er forschte nicht in ihrem Leben, hieß sie einfach willkommen und war für sie da.

Noch nie war er ein Mann vieler Worte gewesen, aber er hatte schon immer die Gabe, die richtigen Dinge zur richtigen Zeit zu sagen. Die meiste Zeit über sah man ihn zwischen seinen Rebstöcken oder bei der Feldarbeit.

»Die Erde«, sagte er dann, »ist unsere Mutter, unsere Schwester, unsere Tochter. Nur wer sie betrügt, wird auch von ihr betrogen.« Und wenn er das sagte, nahm er einen Erdbrocken in die Hände, führte ihn an die Nase und schnupperte daran.

Ein Poet aus anderen Zeiten, das war Zefferino.

Die Erde, dachte Sveva, während sie die letzten Sachen packte, hatte in gewisser Weise dafür gesorgt, dass sie zu sich selbst fand. Die Erde und Rurik.

Obgleich sie ihn als Schnüffler verurteilt hatte, hatte sie ihm, zum Teil wenigstens, ihre getroffene Entscheidung zu verdanken.

Sie machte den Koffer zu, am Nachmittag würde sie nach Rom fahren. Und von dort nach Tropea.

Sie hatte niemandem etwas gesagt, so hastig hatte sie den Entschluss gefasst.

Von draußen hörte sie jemanden rufen und erkannte seine Stimme.

Sie stellte sich ans Fenster und öffnete es.

Rurik stand auf der Treppe, mit einem Strauß Tulpen in der Hand.

»Buongiorno!«, rief er.

Sveva schloss das Fenster wieder, warf einen Blick in den Spiegel und bürstete schnell ihr unordentliches Haar. Dann ging sie hinunter.

Er wartete an der Tür.

»Komm rein«, forderte sie ihn auf und nahm ihm den Strauß aus der Hand. »Die sind wunderschön, aber das wäre nicht nötig gewesen.«

In der Küche stellte Sveva die Blumen in eine Deruta-Vase. Sie konnte sich gar nicht sattsehen an dem Rot und Rosa der Blüten.

»Wolltest du gerade weg?«

»Nein ...«

Sveva wandte den Blick ab. Die Sonne stand grell am Himmel und durchflutete die Küche mit Licht.

»Die Blumen sind wunderschön, danke. Aber du musst jetzt bitte gehen.« Sie senkte den Blick und spielte mit einer Haarsträhne.

Sie fügte nichts weiter hinzu, und Rurik stand auf. »Wenn du mich brauchst, weißt du ja, wo du mich findest. Ich werde den ganzen Tag zu Hause sein und schreiben.« Er streifte ihre Stirn mit einem Kuss, dann drehte er sich um und ging.

Sveva aß auf der Veranda, dann ging sie in den Garten und genoss die Sonne. Sie schlenderte zum großen Baum, blieb unter seiner dichten Krone stehen und strich über die mit weißen Blümchen bedeckten Äste. Erinnerte sich an die Olivenernte in Kindertagen und daran, wie sehr sie gestaunt hatte, als all dieses flüssige Gold aus der Olivenpresse lief.

Sie strich über die Rinde des Baums und schloss die Augen.

Die Magie würde wiederkehren, aber sie war es leid, dem Ganzen allein entgegentreten zu müssen. Leid, jede Entscheidung allein tragen zu müssen, sie brauchte jemanden, auf den sie sich verlassen konnte, jemanden, der ihr helfen, sie verstehen und unterstützen würde. Und es gab nur einen Menschen, der das konnte, eine verwandte Seele.

Rurik.

Jetzt stand sie vor seiner Tür, den Koffer in der Hand und das Herz in der Hose. Sie hatte Angst, er könnte sie wieder fortschicken.

Aber dann klopfte sie kräftig und wartete. Die große rote Katze sprang von der Mauer der Veranda und kam miauend näher.

Die Tür öffnete sich, und ein strahlendes Lächeln empfing sie.

»Kommst du mit?«, fragte sie mutig und versuchte, ihre Unsicherheit zu verbergen.

Rurik öffnete die Arme, als wollte er den Himmel darin einschließen, und warf den Kopf in den Nacken. »Bis ans Ende der Welt.«

21.

Tropea, Kalabrien

Betrachtete man Tropea vom *Mare picciulu* aus, vom kleinen Meer, wie die Einheimischen es nannten, wirkte der Ort wie ein Gigant auf steinernen Beinen, der aufrecht über das Meer wacht.

Das Meer, über das die Madonna della Romania gekommen war, die Heilige, der jeder in Tropea, Araber oder Normanne, treu ergeben war. Sveva stellte sich vor, dass in ihres Vaters Adern beider Blut floss. Vielleicht war er groß wie ein Normanne und hatte die schwarzen Augen eines Arabers, war stolz wie Giuskard und elegant wie ein Sultan.

Aber die Reiseführer verloren kein Wort mehr über Tropeas wahres Gesicht, und auch die gegen Ende August herrschende Gluthitze verschwiegen sie.

Sie und Rurik waren am Vorabend spät in der Frühstückspension Il Gelsomino angekommen, die mitten im historischen Kern des Ortes lag, direkt gegenüber der Kirche San Gerardo. Das verfallene Herrenhaus stand mitten in der stickigen Luft der Gassen und ihren Mauern, denen die Jahrhunderte zugesetzt hatten. Zwischen den Fenstern hingen Wäscheleinen und Zöpfe aus Chilischoten. Die Aussicht auf die auf einem Felsvorsprung gelegene Piazza, direkt über einem flaschengrün glitzernden Meer, war atemberaubend.

Die Inhaberin der Pension, eine Signora um die fünfzig,

redete ausschließlich Dialekt und war, nach ihrem Umfang zu urteilen, mit Presswurst, Brot und Sila-Provolone großgezogen worden. Aber sie war außerordentlich freundlich und trug ein herzliches, warmes Lächeln auf ihrem nahezu faltenfreien Gesicht.

Sie hatte dichte braune Locken und trug ein *faddale*, eine geblümte Schürze, über ihrem Hausanzug. Sie selbst bereitete das Frühstück für die Gäste zu, das in einem kleinen Zimmer mit Natursteinwänden serviert wurde und einen Ausblick bis zur Insel Stromboli bot.

»*Trasiti, trasiti*«, empfing sie sie an der Tür. »Immer hereinspaziert.«

Auf dem Büfett standen *Filone della luce* – ein noch warmes Brot mit weichem, dichtem Inneren –, Kaktusfeigen, Zabaione, frische Milch, Cornetti und Kaffee.

Ein junger Mann bereitete an der Bar Cappuccino und Kaffee zu, und die Töchter der Signora bedienten an den Tischen.

»Gefällt euch Tropea?«, fragte eine von ihnen, als sie zwei Tassen mit dampfendem Cappuccino an den Tisch brachte.

»Ja, es ist wunderschön«, antwortete Rurik und biss in ein Cornetto. »Das, was wir bisher gesehen haben. Wir sind ja noch nicht lange da.«

Das Mädchen lächelte. »Also dann, schönen Aufenthalt.«

Sie aßen schweigend, genossen die Aussicht und das reichliche Frühstück.

Sveva war nachdenklich und fragte sich, wo sie wohl mit ihrer Suche beginnen sollte.

Erst einmal würden sie versuchen, im Ort Informationen über einen Maler mit den Initialen S.B. einzuholen.

Vielleicht würde sie ja irgendetwas entdecken, den ein oder anderen Tratsch aufschnappen. Mit den Leuten aus dem Ort zu sprechen, schien ihr momentan die einzige Möglichkeit, etwas herauszufinden.

Und wenn es ihr nicht gelingen sollte, ihren Vater zu finden? Wenn er gar nicht mehr in Tropea war?

Jetzt war sie sich nicht mehr so sicher. Zu viele Jahre waren vergangen, um auf eine erfolgreiche Suche zu vertrauen.

Der Corso war mit grauem Basalt gepflastert. Sveva und Rurik machten sich auf die Suche, nachdem sie an der Rezeption Bescheid gegeben hatten, dass sie den ganzen Tag unterwegs sein würden.

Rurik blieb oft vor den Schaufenstern der Souvenirläden stehen und betrachtete die Waren. Er war fasziniert von den langen geflochtenen Zöpfen von Chilischoten und den lebhaften Farben der Keramiken. Aber als sie den Platz erreichten, den die Einheimischen nur *l'affaccio*, die Aussicht, nannten, sah Sveva Rurik den Atem anhalten. Sie standen an einem Geländer, das Wasser tief unter ihnen war von fast durchsichtigem Grün, und die Wallfahrtskirche Santa Maria dell'Isola erhob sich auf einem wellenumspülten Felsen. Der Strand des *Mare picciulu* war voll, aber nicht einmal die Horde von Touristen in Badelatschen konnte dieser Schönheit etwas anhaben. Sie fotografierten das Panorama einige Male, allerdings wollte Sveva selbst nicht mit aufs Bild. Die Vorstellung, Rurik könnte ein Foto von ihr besitzen, war ihr unangenehm.

Unter der gleißenden Sonne gingen sie gegen den Strom der Strandhungrigen die Straße zurück und bogen in die erste Gasse nach links.

»Diese Hitze ist nichts für mich«, keuchte Sveva und steckte ihr Haar zu einem unordentlichen Knoten auf.

»Ich liebe Hitze. Sonne bedeutet Leben.« Rurik zwinkerte ihr zu. »Komm mal nach Norwegen, dann wirst du das nach kurzer Zeit genauso sehen.«

»Bist du wirklich sicher, dass du von dort kommst?«

Die gepflasterte Gasse wurde immer enger, sodass sie selbst einer hinter dem anderen gehend irgendwann nicht mehr weiter vorankamen.

»Stopp, stopp, stopp.« Sveva, die vorausgegangen war, blieb stehen und wandte Rurik abrupt das Gesicht zu. Dabei streifte sie mit der Nase sein Kinn und blickte ihm instinktiv in die Augen.

»Jetzt könnte ich dich küssen, und du könntest nichts dagegen tun.« Er meinte es verdammt ernst.

Doch Sveva bedeutete ihm, zurückzugehen.

»Also keinen Kuss?«

»Nein.«

Und doch wünschte sie, er hätte sich nicht abbringen lassen, sie in die Arme genommen und gegen die Mauer gepresst, seine Lippen auf ihre gedrückt. So, wie sie das unzählige Male in romantischen Komödien gesehen hatte. Stattdessen tat er genau das, was sie ihm gesagt hatte.

Sie schlüpften in eine andere Gasse, eine breitere als die, der sie soeben entkommen waren.

Die Eingangstore der Häuser waren eingerahmt von wahren steinernen Kunstwerken mit heraldischen Symbolen, Wappen, Fratzenköpfen, herausgearbeiteten Steinen und verzierten Bögen.

Durch ein halb geöffnetes Tor konnte man einen Hof mit Marmorbrunnen, Palmen und einer verschwenderischen Fülle Bougainvilleen sehen. Im Herzen dieses ruhigen antiken Ortes schien jegliches Menschengetümmel in weite Ferne gerückt zu sein.

Sie gingen an der Jesuitenkirche vorbei, kamen wieder zu ihrer Pension und bogen in eine andere Gasse voller Herrenhäuser. In Svevas Reiseführer stand, dass bis zum 18. Jahrhundert mehr als zweihundert adlige Familien in Tropea ansässig gewesen waren. Sie bezweifelte das kein bisschen und bewunderte die herrlichen Häuserfronten.

Sie entdeckten einen mit beschädigten alten Möbeln vollgestopften Laden und gleich dahinter einen Lebensmittelladen mit englischsprachigem Schild, das sie in die Gegenwart zurückholte.

Die Gasse führte sie zum Largo Duomo, wo sich die Kathedrale majestätisch erhob, ein romanisches Bauwerk im sizilianisch-normannischen Stil mit einem kleinen mediterranen Garten an der Rückseite, voller Palmen und mit einem gemeißelten Brunnen. Die verputzten Mauern des Bischofspalastes schlossen sich der antiken Fassade an, aber die Seite und die Apsis bewahrten noch die Originalverzierungen aus Tuff- und Lavastein.

Zwei Jungs auf einem Mofa ratterten an ihnen vorbei und pfiffen in Svevas Richtung.

Als sie Ruriks leicht säuerlichen Gesichtsausdruck bemerkte, musste sie unwillkürlich lächeln.

»Gehen wir dahin?«, fragte sie und zeigte in Richtung der Gasse, in der sich das einzige Restaurant der Piazza befand.

»Ich habe das Gefühl, wir bewegen uns im Kreis. Ich verstehe nicht, was du suchst, Sveva.«

»Ein Zeichen. Irgendetwas, einen Anhaltspunkt.« Sie wusste, dass die Wahrscheinlichkeit, etwas in dieser Art zu finden, gegen null tendierte, aber sie wollte es trotzdem versuchen.

Rurik sah an der Kathedrale vorbei in die Ferne, wo das Meer aufleuchtete. »Was hältst du davon, erst zum Strand zu gehen und dann am Nachmittag weiterzusuchen?«

»Geh ruhig, wenn du magst. Ich suche weiter.«

»Glaubst du vielleicht, ich lasse dich hier allein herumlaufen? Nicht einmal im Traum. Die beiden Jungs da eben ...« Er nahm ihre Hand. »Gehen wir.«

Sie liefen eine Gasse entlang, bis sie sich auf einer kleinen Piazza wiederfanden.

Plötzlich blieb Sveva stehen und bohrte ihre Fingernägel in Ruriks Arm.

Der gleiche naive Stil. Das gleiche, fast blendende Blau. Vielleicht hielt aber auch nur das gleißende Sonnenlicht sie zum Narren.

Sie machte einen Schritt und befand sich nun im Halbschatten.

Nein, diese Malerei war echt. Jetzt konnte sie sie besser sehen. Der gleiche Stil wie die Wandmalerei, die sie am Bauernhaus entdeckt hatte, nur ein anderes Thema. Sie zeigte ein Panorama von Tropea, das Meer im Vordergrund und Fischer mit dunklen Gesichtern auf einem Boot.

Sie tat einen weiteren Schritt. Taumelte, von plötzlichem Schwindel ergriffen. Blieb wieder stehen. Schluckte. Spürte Ruriks Sorge in ihrem Rücken, schwer wie Stein.

Sie streckte eine Hand aus und strich über die Malerei, spürte die raue Farbe unter den Fingerkuppen. Spürte das Leben und die Liebe. Eine Erinnerung an die Zeichnung, die Malvina ihr gezeigt hatte, blitzte in ihr auf: In jenem Moment war ihr der Sinn verborgen geblieben. Aber jetzt war alles so klar, löste sich alles plötzlich auf.

Du hast das hier gemalt. Das ist deines, Papà.

Die Unterschrift war unten rechts angebracht; zu einem schwarzen Fleck verwischte Buchstaben. Sie konnte sie nicht lesen. Ging näher heran, kniff die Augen zusammen. Braghò. Ja, zwar nicht ganz klar, ganz sicher war sie nicht, aber sie hatte mit dem Herzen und nicht mit den Augen gelesen.

Ihr fehlten die Worte.

Rurik zog sie in seine Arme und drückte sie fest an sich.

22.

Der Palazzo Braghò erhob sich mit seinen verwitterten Tuffsteinmauern am Ende einer schmalen Sackgasse vor ihnen.

Der nach einem Rätsel klingenden Beschreibung einer alten Frau folgend, waren sie über die Via Boiano hergelangt.

»*'A torre, la cchiù alta cu le stelle e la luna* – der höchste Turm, der mit Sternen und Mond.«

Fast glaubten sie schon, die Alte wäre etwas verwirrt, aber dann half ihnen Ruriks schriftstellerische Fantasie auf die Sprünge.

»Wir müssen diesen Turm finden. Sofern es nur den einen gibt.«

Sveva war skeptisch und schnaufte, wurde aber ignoriert.

»Jedes Haus trägt ein steinernes Wappen über dem Türsturz. Wir müssen eines mit Sternen und Mond finden«, fuhr Rurik fort.

Sie durchstreiften das Labyrinth der Gassen und kamen mehrfach an ihren Ausgangspunkt zurück. Doch schließlich fanden sie das Haus. Rurik hatte recht behalten: Drei Sterne und ein Mondviertel waren in das steinerne Wappen eingraviert.

Jetzt, da Sveva vor dem imposanten Holztor stand, fehlte ihr der Mut anzuklopfen.

»Na los«, ermutigte Rurik sie.

Sie atmete tief ein. Und wenn nun alles falsch war? Was, wenn sie ihren Vater finden würde und er nichts von ihr wissen wollte? Wenn man ihr sagen würde, er sei tot?

»Ich kann nicht«, flüsterte sie gereizt.

»Wenn du es nicht machst, mache ich es.«

»Ist ja gut. Gib mir noch einen Moment.«

Sie schloss eine ihrer schweißnassen Hände zur Faust und schlug dreimal gegen das Tor.

Die darauf folgende Stille war kaum auszuhalten. Sie klopfte noch einmal, diesmal lauter.

Das Balkonfenster an der Fassade öffnete sich ein Stück, und ein Kopf mit einem Haarknoten darauf tauchte auf.

»*Cu è?* – Wer ist da?«, fragte die Frau mit dünner Stimme.

»Signora«, antwortete Sveva und versuchte ruhig zu bleiben, »ich suche Signor Braghò.«

»Signor Braghò?«, wiederholte die Frau misstrauisch. »*Cà non c'è.* – Der ist hier nicht.«

Bitter rann die Enttäuschung Svevas Kehle hinunter. Ihre Augen füllten sich mit Tränen. Sie schluckte, fasste sich dann ein Herz und versuchte es noch einmal: »Sind Sie sicher? Ich komme von sehr weit her …«

Mit einem erbarmungslosen Geräusch schloss sich das Fenster.

»Vielleicht müssen wir woanders suchen«, versuchte Rurik sie zu trösten.

»In Tropea gibt es nur einen Palazzo Braghò, und der ist hier«, insistierte Sveva stur.

»Sucht ihr Saverio?«, hörten sie da die Stimme eines Alten, der ein Stück weiter die Gasse hinunter saß, die *coppola*, eine für die Gegend typische Schiebermütze, in den Nacken geschoben und die Hand auf einen Stock gestützt.

Sofort keimte Hoffnung in Sveva auf. Saverio – das würde zu den Initialen auf dem Gemälde im Stall passen!

»Ja, kennen Sie ihn?«

»Ja. Morgens ganz früh ist er am Hafen. Er kommt mit den Fischern.«

»Danke«, sagte Sveva und führte eine Hand ans Herz. »Danke.«

Der Alte tippte grüßend an seine *coppola* und kehrte zu seinen Gedanken zurück.

Es war nicht alles verloren.

Am Abend wollten sie in dem einladend wirkenden Restaurant nahe der Kathedrale essen.

Es hieß La Bohème, und genau wie in der Oper Puccinis herrschte dort altmodische Romantik.

Sie nahmen draußen unter einer Lichterkette Platz, an einem der Tische mit rot-weiß karierter Papierdecke.

Viele Leute waren unterwegs, und die Atmosphäre war fröhlich und lebhaft.

Rurik trug zur schwarzen Hose ein hellgraues Hemd, gerade so weit geöffnet, dass man den Torques aus geflochtenem Silber sehen konnte. Sein Gesicht war braungebrannt, und die Sommersprossen auf der Nase dunkler und auffälliger als sonst. Sein von der Sonne gebleichtes Haar war von strohblonden Strähnen durchzogen.

Sveva war sicher, dass die Dinge zwischen ihnen anders gelaufen wären, hätten sie sich zu einer anderen Zeit in ihrem Leben kennengelernt. Vielleicht wäre es sogar ziemlich ernst zwischen ihnen geworden. Aber nun hatte sie zu viel anderes im Kopf: das Bauernhaus, ihren Vater. Saverio. Und sie war in einem Alter, in dem man anfing, Bilanz zu ziehen. Und ihre war nicht positiv.

»Alles in Ordnung?« Rurik griff über den Tisch nach ihrer Hand.

»Ja«, antwortete sie zerstreut.

Der Kellner kam, und sie bestellten zwei Pizzen mit kalabrischer *'Nduja*-Wurst und ein Glas Rotwein für Sveva.

Sie aßen und redeten über dieses und jenes, ganz so, als würde sich an diesem schönen Ort Svevas Anspannung mit der Zeit von selbst legen.

Rurik erzählte von den norwegischen Wäldern und Knut Hamsun. Er wünschte, Sveva könnte den Nordwind auf ihren nackten Armen spüren und mit leuchtenden Augen die Birkenwälder und den Fluss fließen sehen, die Hufe der Elche auf dem Moschusteppich der Taiga hören.

Als wieder Stille zwischen ihnen eintrat, legte sich ein trauriger Schatten über seine grünen Augen.

»Was ist los?« Sveva stellte das Weinglas ab und sah ihn an, um zu begreifen, was in ihm vorging. Er sah so oft völlig verändert aus, auch jetzt wirkte er wie unter einem ganz anderen Licht. Sie bemerkte eine lange schmale Falte auf seiner Stirn, und seine Lider hoben und senkten sich viel zu oft.

»Macht dich der Gedanke an ein Treffen mit deinem Vater nervös?«

»Ja.« Sveva sah auf ihren Teller, hob dann mit glänzenden Augen den Blick wieder. »Glaubst du an den Zufall, Rurik, oder an das Schicksal?«

Nachdenklich fuhr er an seinem Glas entlang. »Es gibt eine Wahl, Sveva. Es gibt die Freiheit, das, was das Leben bringt, anzunehmen oder abzulehnen.«

Sveva wandte den Blick ab, ihre Gedanken waren anderswo. Sie betrachtete den Nachthimmel. Im Wind konnte man das Meer und die Jasminblüten riechen.

»Wo ist deine Tochter, Lena?«

Er atmete leise ein, spielte nervös mit seiner Gabel auf dem Teller. Dann sah er sie an, einen verbitterten Zug um den Mund. »Sie ist in Norwegen. Dort lebt sie bei einer anderen Familie.«

Es tat Sveva im Herzen weh, seine Worte zu hören. Rurik nahm sein Glas, trank einen Schluck Wasser. Dann sah er sie schweigend an und fuhr fort: »Es passierte, als sie dreizehn Jahre alt war. Ich hatte schon lange nichts mehr getrunken. Die Sozialarbeiter vertrauten mir wieder, und Lena durfte zu mir kommen. Ich hatte für den Sommer ein Haus im Wald gemietet.« Er schwieg.

Sveva glaubte, seine Zähne knirschen zu hören.

»Mein neues Buch wollte nicht gelingen, und die Kritiker waren mit dem vorherigen hart ins Gericht gegangen.« Er fuhr sich mit der Hand durchs Haar, als könnte er so die schmerzvolle Erinnerung für einen Moment zerstreuen.

Sveva hätte gern sein Gesicht berührt, hielt sich aber zurück.

»Ich trank so viel Wodka, dass ich zwei ganze Tage durch den Wald irrte. Wusste nicht einmal mehr, wo ich war, so betrunken war ich. Ich wollte es gar nicht wissen, ich wollte einfach nur noch weg sein.« Er atmete tief ein. »Sie haben sie mir weggenommen. Für viele Jahre. Ich durfte sie nicht mehr sehen, ihr nur schreiben. Sie beantwortete meine Briefe, hatte aber kein Vertrauen mehr zu mir.«

»Das tut mir leid.« Sveva berührte ihn am Arm, hätte ihn aber am liebsten umarmt. »Sehr leid.«

Rurik versuchte zu lächeln. Er war so schön, wenn er das tat, dass alles um ihn herum verschwand. »Ich habe eine Gruppentherapie gemacht und einen Entzug. Und dann bin ich weggegangen. So weit weg wie möglich.«

»Man kann nicht immer weglaufen, Rurik.«

Er nickte und nahm ihre Hand, verflocht seine Finger mit ihren. »Du aber auch nicht. Du bist weit gekommen, Sveva, auf diesen Moment wartest du schon dein ganzes Leben. Jetzt kannst du den Lauf des Schicksals ändern, deine Wunden heilen lassen. Was mich betrifft, ich werde Lena schreiben, sobald ich wieder in Umbrien bin.«

»Du könntest sie zu Weihnachten einladen. Es ist nie zu spät, einen geliebten Menschen zurückzugewinnen. Meinst du nicht?«

Er atmete wieder tief ein. »Gehst du morgen zum Hafen?«

»Ja. Aber du kannst im Bett bleiben und ausschlafen.« Sie lächelte ihn an und biss in ein Stück kalt gewordene Pizza.

»Du weißt genau, dass ich mitkomme.«

Sie schluckte, senkte den Blick.

»Wollen wir einen Strandspaziergang machen?«, fragte er.

Sie sah ihn an, verlor sich einmal mehr im Grün seiner Augen.

Die Treppe führte zwischen zwei Felsrücken nach unten. Weiter hinaus leuchtete das Wasser im Dunkel.

Sveva zog ihre Schuhe aus und grub die Füße in den weißen Sand. Er war kalt, fein und feucht auf ihrer Haut.

So liefen sie durch die Stille der Nacht den Strand entlang, und die Lichter der byzantinischen Kirche Santa Maria dell'Isola leuchteten ihnen den Weg.

Schließlich setzten sie sich nahe ans Wasser. Das Meer flüsterte sein Lied.

Rurik nahm eine Handvoll Sand und ließ ihn durch die Finger rinnen.

»Seltsam, oder?«, dachte Sveva laut.

»Was denn?« Rurik drehte sich zu ihr. In seinen Augen spiegelte sich das Mondlicht.

»Du und ich, wir beide hier. Wir kennen uns doch gar nicht richtig.«

Er warf ihr einen seiner vorwitzigen Blicke zu.

Dann legte er einen Arm um ihre Schultern und zog sie stumm an sich.

Sveva ließ es geschehen, es war genau das, was sie auch wollte.

Ruriks Mund lag warm und weich auf ihrem. Er küsste sie sanft, und sie schmolz in seinen Armen dahin.

Es war nicht nur ein Kuss; es war die Verschmelzung zweier Seelen, die sich endlich wiedergefunden hatten.

Als sie in die Pension zurückkehrten, barfuß, das Salz noch auf ihrer Haut, war es schon tiefe Nacht. An der Tür zu Svevas Zimmer hielt Rurik sie fest und küsste sie wieder. Aber als er eine Hand unter ihre Bluse gleiten ließ, hielt Sveva ihn zurück.

Ruriks Augen waren zwei bodenlose Seen. »Warum?«, fragte er atemlos mit aufgeworfenen Lippen. »Das kannst du mir nicht antun.«

»Entschuldige«, wand sie sich. »Mir ist nicht danach.«

Rurik packte sie am Arm. »Nein.« Er drehte sie zu sich. »Ich lasse dich nicht gehen.«

Sveva hielt den Atem an, während er ihr mit den Lippen über das Haar strich, sie an der Hand nahm, ins Zimmer zog und die Tür hinter sich schloss.

Er wand sich aus seinem Hemd, dann zog er ihre Bluse über ihren Kopf.

Sveva ließ es geschehen. Er zog sie an seine warme Haut und streichelte ihre nackten Schultern, Mund an Mund, Nase an Nase. Sein Atem, die Finger, die über ihre Rippen glitten, über die Arme, wieder nach oben wanderten, um sich dann spielerisch in ihren Nackenhaaren zu verfangen.

Sie hatte so etwas noch nie erlebt. Ihr Herz raste wie am Rand eines Abgrunds. Sie konnte an nichts mehr denken, ihr Kopf war leer. Sie war nur noch Haut und Fleisch, Hitze und Instinkt. Verlangen. Und willenlos unter diesen Händen.

Als sie Rurik in sich spürte, gab sie sich ganz hin, geborgen in den Wogen seiner Leidenschaft, in seinen verheißungsvollen Augen voller Hoffnung, in der Gewissheit, dass nichts unmöglich war.

23.

Als Sveva morgens aufwachte, war es noch dunkel. Durch das angelehnte Fenster drang kalte Luft herein, und sie schauderte. Sie stand auf, um das Fenster zu schließen, und sah sich den verheißungsvollen Sonnenaufgang an.

Ein neuer Tag, ein neuer Anfang.

Sie dachte an Rurik, an ihren gemeinsamen Abend. Daran, dass er ihr nach und nach ihre Freiheit nehmen würde, denn sie hatte sich noch nie einem Mann so verbunden gefühlt. Ihr Leben war frei, aber vielleicht würde sie teilweise für ihn darauf verzichten. Für jeden Kuss ein Stückchen. Ein Kuss, ein Stückchen.

Sie warf einen Blick auf die Wanduhr. Halb sechs. Es wurde Zeit.

Hastig zog sie sich an und strich Rurik über das Gesicht. Er öffnete einen Spaltbreit die Augen, lächelte und setzte sich auf.

Sein Blick war glasig, und seine Haare waren verstrubbelt.

»Wir müssen los«, sagte sie.

Der Hafen war erfüllt von Möwengeschrei und dem Betrieb der anlegenden Fischerboote.

Sveva trug seinen dicken Pullover gegen die morgendliche Kälte und hatte die Arme vor der Brust verschränkt.

Rurik saß hinter ihr auf der Steinmauer, die sich zwischen Felsen und Meer erstreckte. Er rauchte.

Ein Boot durchpflügte das Wasser in ihre Richtung, drei Männer in Windjacken und Zuccotto-Mützen auf den Köpfen an Bord. Zwei von ihnen waren um die sechzig, die Gesichter wettergegerbt, der dritte war etwas schmaler, ein wenig jünger, und er trug keine Mütze, sodass sein weißes schulterlanges Haar im Wind flatterte.

Sveva fühlte, wie ihr Hitze ins Gesicht stieg und ihre Knie weich wurden.

Einen Moment lang verspürte sie das Bedürfnis wegzulaufen, sich zu verstecken, aber dann drehte sie sich zu Rurik um, und sein Gesichtsausdruck ließ sie innehalten.

»Denk nicht mal dran«, flüsterte er.

Sveva sah wieder auf das Meer, als das Boot ganz in ihrer Nähe anlegte.

Die Fischer gingen an Land und luden Kisten voller Fisch aus.

Ganz langsam, einen Fuß vor den anderen setzend, näherte sie sich den Männern. Ein Atemzug. Noch einer.

Sie hörte Wortfetzen in Dialekt, die sie nicht verstand.

Sie warf einen Blick auf die silbernen Sardellen mit ihren leuchtend schwarzen Augen, auf die großen Kalmare und die nach Luft schnappenden Fische.

Einer der Fischer bemerkte sie.

»*Vuliti accattare 'u pisci?* – Möchten Sie Fisch kaufen? Schauen Sie, der hier ist fangfrisch.« Er nahm einen Tintenfisch und hielt ihn Sveva vor die Nase. Seinen dunklen Händen sah man an, dass sie schon ein Leben lang Netze flochten, und in seinem mageren, braungebrannten Gesicht lag ein finsterer Blick.

»Nein, danke. Ich suche Saverio Braghò.«

Ihre Hände wurden schweißnass, ihr Magen verkrampfte sich. Hatte sie das wirklich gesagt?

»Saveri!«, rief der Mann dem anderen auf dem Boot zu. »*Veni cà. A te cercano.* – Komm mal her. Du wirst verlangt.«

Mit einem Satz sprang er an Land. Er war schön, trotz des weißen unordentlichen Haars, dem unförmigen, nachlässigen Pullover und den schmutzigen Stiefeln.

Und er war genau so, wie Sveva ihn sich immer vorgestellt hatte.

Ihr Vater. Ja, ihr Vater.

»Hallo. Kann ich etwas für Sie tun?«

Du kannst mir all die Liebe geben, die ich nie bekommen habe, und all die Zeit, die du nicht da warst.

Sie biss sich auf die Zunge, spannte die Muskeln ihrer Beine an in der Befürchtung, sie könnten nachgeben.

Dann sah sie ihn an. Sah das erste Mal in ihrem Leben ihren Vater an. Es war ein seltsames, unbeschreibliches Gefühl. Am liebsten hätte sie ihn beschimpft und sich gleichzeitig doch in seinen Armen verkrochen. Sie streckte ihm die Hand hin, wie sie es bei irgendeinem Fremden getan hätte. Nur ein leichtes Zittern in ihrer Stimme verriet ihre Aufregung.

»Hallo«, begrüßte sie ihn und hoffte inständig, normal weiteratmen zu können. »Ich heiße Sveva und schreibe Reiseführer für ein römisches Verlagshaus.«

Schweigend musterte er sie von oben bis unten.

»Ich arbeite gerade an einem gastronomischen Führer für Tropea, in dem es aber auch um lokale Kunst geht. Da ich weiß, dass Sie ein geschätzter Künstler sind, würde ich Ihnen gern einige Fragen stellen.«

Saverio legte den Kopf schief und musterte sie mit seinen schmalen arabischen Augen, Augen wie flüssiger Onyx. »Ich bin nicht interessiert, Signorina. Tut mir leid.«

Papà, ich bin es, deine Tochter.

Sie wünschte sich Malvina herbei. Und Ljuba und Sasha; sie würden ihr Mut machen.

Sie atmete durch, versuchte sich zusammenzureißen, hätte ihm aber am liebsten all die Wut entgegengeschleudert, die sie jahrelang in sich getragen hatte. Sie hätte gern geschrien und ihn gefragt, warum er sie verlassen, ihre Mamma verlassen hatte.

Aber sie ließ es nicht heraus, kein Gefühl, kein Wort. Keine Träne.

»Ich bin ziemlich weit gefahren, nur um Sie zu treffen. Ich bitte Sie, es dauert auch nicht lange, ich werde Ihnen nicht viel Zeit stehlen ... Bitte, sagen Sie Ja.«

Papà, hörst du nicht, wie mein Herz schlägt?

»Nein, bitte, akzeptieren Sie das, ich habe Nein gesagt.«

Er wollte sich umdrehen, aber sie packte ihn am Arm. »Es ist wichtig.«

»Signorina, ich habe doch schon gesagt ...«

»Bitte.«

Er runzelte die Stirn, und sein Gesicht verdunkelte sich.

»Ich bitte Sie.« Sie lächelte ihn an und hoffte aus ganzem Herzen, er möge zustimmen.

»Na schön«, lenkte er schließlich ein. »Ich gebe schon seit Langem keine Interviews mehr, aber Ihnen scheint ja viel an den Dummheiten zu liegen, die ich über die Kunst verbreite. Kommen Sie morgen früh vorbei. Ich wohne gleich unten am Meer, in einem der Häuser vor der Fontana du Petrosinu, in dem mit der blauen Tür.«

Sveva nickte, fühlte aber, wie ihr die Sinne schwanden. Geblendet vom blauen Meer und dem gleißenden Sonnenlicht.

Mamma, sieh nur. Ich habe ihn gefunden. Das habe ich auch für dich getan.

24.

Am Meer, in unmittelbarer Nähe zum Hafen, drängten sich die Häuser eng aneinander.

Sveva und Rurik bewunderten die Fülle der rosafarbenen Bougainvilleen an den weißen Fassaden, die roten Hibisken, die aus den kleinen Gärten an den Häuserrückseiten hervorlugten, und die Vergissmeinnicht, deren Farbe an das Meer erinnerte.

Sveva war wegen der Verabredung mit Saverio nervös.

»Es wird schon gut gehen«, ermutigte Rurik sie.

Sie hatte einen kleinen Schreibblock dabei und einen Stift, keinen Fotoapparat, denn sie wusste, dass sich Künstler normalerweise nicht gerne fotografieren ließen.

In einer Nebenstraße sahen sie einen Mann, der ein zwischen zwei Pfähle gespanntes Netz flickte. Mittlerweile erkannte sie die Fischer an ihren dunklen Gesichtern und der unverzichtbaren Zigarette zwischen den Lippen – egal, was sie sonst noch taten.

»Entschuldigung.« Sveva trat auf ihn zu.

Der Mann hob das von Unwettern gegerbte Gesicht, seine Augen waren so durchsichtig wie Aquamarin.

»Ich suche die Fontana du Petrosinu.«

»Geradeaus, dann nach rechts. Da ist es.«

»Danke.«

Der Mann nickte und kehrte zu seinem Netz zurück.

An einer Steinmauer spie die Fontana Wasser aus dem steinernen Gesicht eines Fauns.

Es war leicht, die blaue Haustür von Saverio Braghò zu finden.

Wie er gesagt hatte, lag sie direkt gegenüber dem Wasserspeier.

Das Gebäude war weiß, niedrig und langgestreckt, das Dach mit roten Ziegeln gedeckt.

Nach vorn lag eine Veranda, die man durch ein niedriges blaugestrichenes Holztor betreten konnte.

»Ich mache einen kleinen Spaziergang und warte dann hier draußen auf dich.« Rurik blieb stehen und zündete sich eine Zigarette an. »Bloß keine Panik, Sveva, du schaffst das.« Er kam näher und hauchte ihr einen Kuss auf die Lippen. »Viel Glück.«

Sveva öffnete das Tor und nahm die beiden Stufen zur Tür. An der Wand daneben hing der hellrote Panzer einer getrockneten Seespinne.

Als sie klopfte, öffnete sich die Tür ein Stückchen.

»Hallo?«, rief sie und trat behutsam ein.

Der Raum war schlicht und sehr hell. Ein Wohnzimmer und eine Kochnische mit blauen, den portugiesischen *Azulejos* ähnlichen Kacheln, ein Sessel, ein Rokokotisch mit vergoldeten Beinen. Licht fiel durch die hohen Fenster, hinter denen das Meer kobaltblau und grün schimmerte und der Hafenstrand sich weit hinten in einem schmalen Streifen verlor.

»Es geht bis nach Razzia. Da ist noch ein zauberhafter kleiner Strand.«

Sveva erschrak und wandte sich um.

Saverio lächelte. »Buongiorno. Kann ich Ihnen einen Kaffee auf der Terrasse anbieten?«

»Guten Tag«, antwortete Sveva. »Sehr gern.«

Die Terrasse war eigentlich ein kleiner mediterraner Garten: Feigenkakteen, Hibisken, Kakteen, Aloe in großen handgefertigten Majolika- und Terrakottatöpfen.

Ein weißer schmiedeeiserner Tisch, dessen Platte mit dekorativen Fliesen versehen war, stand unter einem Pavillon, an dem eine Bougainvillea rankte. Ihre üppige Pracht reichte fast bis auf den Boden und spendete Schatten.

Was Sveva jedoch den Atem nahm, war der Ausblick aufs Meer, den man ganz bequem im Sitzen genießen konnte. Als könnte man das Wasser berühren, wenn man sich nur ein wenig über das Terrassengeländer beugte. Am Horizont erhob sich der Vulkan Stromboli zum Himmel empor.

»Gefällt es Ihnen hier?« Saverio schenkte Kaffee ein und setzte sich.

»Es ist traumhaft schön. Haben Sie schon immer hier gewohnt?«

»Nein, habe ich nicht.« Saverio sah über die Weite aus Kobaltblau und Grün, die sich vor ihm erstreckte. Sein wohlgebräuntes Gesicht hatte einen abwesenden Ausdruck. Er seufzte.

»Ich weiß gar nicht, warum ich Ihnen dieses Gespräch zugesagt habe. Normalerweise fällt mir so etwas sehr schwer.«

Sveva schlürfte den Kaffee, holte dann Block und Stift heraus.

Sie und ihr Vater, unglaublich war das.

»Versuchen Sie es. Wir haben Zeit. Wie haben Sie angefangen zu malen?«

Ein Lächeln erschien auf dem Gesicht des Mannes, seine weißen Zähne setzten sich wie Perlen von seiner Sonnenbräune ab. Sveva begriff, wie leicht sich ihre Mutter in ihn verliebt haben musste. Er war auf klassische Art schön, wie eine griechische Statue.

»Ich war auf der Kunsthochschule und dann drei Jahre lang in Rom auf der Akademie.« Er nahm einen Schluck Kaffee.

»Stört es Sie, wenn ich rauche?« Sveva zog ein Päckchen Zigaretten hervor, ihr Herz schlug zum Zerspringen. Alles war so unwirklich.

Saverio machte eine zustimmende Geste. »Bitte. Und trinken Sie den Kaffee, bevor er kalt wird.« Er lächelte sie an und streckte seine langen Beine aus. »Das ganze akademische Umfeld fand ich sehr engstirnig und verschlossen, es bestand aus Leuten, die Kunst nur für einen kleinen Kreis vorsahen. Ich aber wollte Kunst für jeden erreichbar machen, wollte ihre Schönheit unter die Leute bringen.«

Sveva hatte noch kein Wort notiert. Sie konnte nichts anderes tun als ihn anzusehen.

Er bemerkte das. »Sie müssen ein wahres Elefantengedächtnis haben, wenn Sie sich alles merken wollen.«

»Ja«, log sie. »Das ist eine meiner Stärken.«

Merkst du nicht, dass ich gleich zerspringe, Papà?

»Gut«, nahm Saverio das Gespräch wieder auf. »Soll ich weitererzählen?«

Sveva nickte.

»Ich fing an zu reisen. Ich war um die zwanzig und platzte vor Kreativität und Entdeckerlust. Auf der Suche nach Inspiration malte ich dann überall in Italien.«

Sveva versuchte, sich zu entspannen, während ihr Vater erzählte.

Das Meer, der Wind auf ihrem Gesicht, all diese Farben um sie herum. Und er hier neben ihr, und sie konnte jede Einzelheit seines Gesichts, das sie sich so oft ausgemalt hatte, in sich aufsaugen.

»Darf ich?«, fragte Saverio und zeigte auf das Zigarettenpäckchen auf dem Tisch.

Er nahm eine heraus und steckte sie sich an. »Bis ich sie schließlich fand«, erzählte er weiter. »Ich verliebte mich in eine Frau, und sie wurde zu meiner Inspiration.« Mit geschlossenen Augen zog er an der Zigarette. »Ich kann sie noch immer durch die Kornfelder laufen sehen.«

Versunken sah er Sveva an, seinen Blick auf sie geheftet, als wollte er sich jede Einzelheit einprägen. »Sie erinnern mich sehr an sie.«

Sveva schluckte und faltete ihre Hände im Schoß. Der Wunsch, den Block im hohen Bogen fortzuwerfen und herauszuschreien, dass er von ihrer Mutter sprach, überwältigte sie. Aber sie konnte sich beherrschen.

»Geht es Ihnen gut, Signorina?« Saverio runzelte die Stirn. »Sie sind ja kreideweiß.«

»Ja ... ja«, stammelte sie.

Es war noch zu früh. Wenn sie ihm jetzt sagte, sie sei seine Tochter, wäre alles verloren.

»Möchten Sie ein paar Bilder sehen?«

Sveva nickte und hoffte, ihre Beine würden sie tragen.

»Kommen Sie.«

Sie folgte ihm durch einen Flur zu einem Zimmer.

Saverio öffnete die Tür und trat zur Seite, um sie hereinzulassen.

Drinnen reflektierten die weißgekalkten Wände das Licht.

Überall waren Bilder: Sie hingen oder lehnten an den Wänden, einige waren aneinandergelehnt in einer Ecke aufgereiht, ein angefangenes stand auf der Staffelei.

Svevas Blick blieb an zwei Bildern hängen, die auf einer Kommode standen. Es war das einzige Möbelstück im Zimmer.

Das Herz schlug ihr bis zum Hals.

Beide Bilder zeigten in unterschiedlicher Pose eine Frau.

Sie hatte sehr kurze Haare und schmale grüne Katzenaugen.

Auf dem ersten Bild war sie nackt, die Knie bis zur Brust angezogen und die Lippen zu einem Schmollmund aufgeworfen. Das zweite zeigte sie aufrecht in einem langen roten Kleid inmitten eines Kornfelds, Arme und Kopf zum Himmel erhoben, als wollte sie ihn zu sich herunterziehen.

Sveva trat näher heran, hob eine Hand, um mit den Fingern die Umrisse ihres Gesichts, ihres Haars nachzuziehen. Sie versuchte, ihrer Gefühle Herr zu werden, aber die Tränen rannen ihr unkontrolliert über das Gesicht.

Saverio war sofort bei ihr und sah sie überrascht an.

Sie blickte zu ihm hoch, und in der Stille des Raumes zitterte ihre Stimme.

»Das ist meine Mutter.«

Svevas Füße waren auf ein Kissen gebettet, und in den Händen hielt sie ein Glas Wasser. Vor ihr saß ihr Vater.

Ihr war ganz flau, und ihr Mund war wie ausgetrocknet.

Sie war fremd in diesem Haus, und doch erzählte hier jede Einzelheit, jede Farbe, jeder Gegenstand von ihrem Vater, von seiner Vergangenheit, davon, was er einst gewesen und nun war.

Es war, als hätte die von seiner Abwesenheit zerrissene Zeit sich wieder zusammengefügt, als würde die Leere in ihrem Herzen mit neuem Leben gefüllt. Alles war so schwer für sie gewesen, und nun schien alles so leicht. So leicht, dass sie es kaum glauben konnte. Aber er war hier und ließ sie keinen Moment aus den Augen. Und in seinem dunklen, aufgewühlten Blick konnte sie lesen, dass alles wahr war. Dass sie sich nun wiedergefunden hatten, dass sie ihn berühren, umarmen, zu ihm sprechen konnte.

Saverio nahm ihr das leere Wasserglas aus den Händen und hielt sie fest, als befürchtete er, sie könnte von einem Moment auf den anderen verschwinden. Er sah zu Boden, hob den Blick dann wieder, um nur noch Augen für sie zu haben. Ungläubig, ängstlich.

»Du bist hier.« Er hob eine Hand und strich ihr über das Haar. Sie ließ es geschehen, konnte sich aber nicht zurückhalten.

»Das ist nicht dein Verdienst.«

Er wandte sich ab, ein trauriger Schatten glitt über seine Augen.

Sveva biss die Zähne zusammen. »Wo bist du all die Jahre gewesen?«

Mit glänzenden Augen atmete Saverio tief ein. Er schien plötzlich um zehn Jahre gealtert.

»Ich wusste nicht einmal, dass du existierst.«

»Und meine Mutter? Sie hast du auch im Stich gelassen.« Svevas Stimme war voller Zorn.

Saverio zündete sich eine Zigarette an, stand auf und ließ den Blick durch das Fenster über das Meer schweifen. »Es ist nicht so, wie es aussieht, Sveva.« Er wirkte verwirrt, aber ehrlich. »Ich habe jahrelang nach Ljuba gesucht, aber sie war wie vom Erdboden verschluckt.« Er machte einen Schritt auf Sveva zu, die weiterhin den Blick gesenkt hielt, sich weigerte, ihn anzusehen. »Ich bin auch wieder zum Bauernhaus nach Umbrien gefahren, aber dort erfuhr ich nur, dass es verkauft werden solle.« Er nahm noch einen tiefen Zug, seufzte schwer und fuhr sich mit einer Hand zitternd durchs Haar.

»Was hätte ich tun sollen? Ich habe weitergelebt, ohne dass es mir gelungen wäre, Ljuba wiederzufinden. Und jetzt bist du hier, und du erinnerst mich so schmerzhaft an sie. Du hast die gleichen Augen, die gleiche Haarfarbe, strahlst diese absolute Freiheit aus, diese Zerbrechlichkeit, so sehr habe ich das geliebt. Jetzt weiß ich, warum ich dir dieses Interview zugesagt habe. Als ich dich sah, habe ich sie gesehen.«

Svevas Hände zitterten. »Es war für uns alle schwer.«

Saverios Augen wurde feucht. »Darf ich dich umarmen? Erlaubst du mir das?«

Sveva schloss die Augen. Sie wollte Nein sagen, denn nach all den Jahren war die Distanz zwischen ihnen einfach zu groß, und eine Umarmung würde ihr nicht die verlorenen Jahre wiedergeben können – doch sie tat es nicht. Trotz allem wollte sie ein einziges Mal die Umarmung ihres Vaters spüren, ein einziges Mal wissen, wie sich das anfühlte.

Saverio kam näher und drückte sie fest an sich, legte seine Wange an ihren Kopf. Sveva flüchtete sich in die Geborgenheit seiner Arme, es fühlte sich an wie ein Nest, das sie nie wieder verlassen wollte. Und dann weinte sie all ihre Tränen.

Sie blieb zum Essen bei ihm und vergaß völlig, Rurik Bescheid zu geben.

Saverio bereitete einen griechischen Salat aus roten Zwiebeln und ein Gericht namens *Pitta* aus Brot, Chilis, Oregano und winzigen silbrigen Fischen zu; *Ninnata*, neugeborene Meerbarben, wie er ihr erklärte.

Sie aßen auf der Terrasse unter der Bougainvillea und sahen dabei auf das Meer, das in der Sonne glitzernde Sterne versprühte.

Sie hatte sich das erste Zusammentreffen mit ihrem Vater immer unbeholfen oder distanziert vorgestellt, aber es war vollkommen anders. Das überraschte sie.

»Es gibt ein kalabrisches Sprichwort, in dem es heißt: Dein Mahl kannst du wählen, dein Blut nicht«, sagte er.

Hin und wieder stand er auf, um sie zu umarmen. Sveva ließ es geschehen. Er war ein herzlicher Mann, aber es war noch zu früh, um ihn wirklich gern zu haben. Ihr ganzes Leben lang hatte sie sich verlassen gefühlt, und sie war es nicht gewohnt, ihren Gefühlen freien Lauf zu lassen. Um sich zu schützen, hatte sie zurückhaltend gelebt, hatte eine Mauer um sich errichtet, damit kein Leid zu ihr durchdringen konnte. Aber wie sie nun hier saß, den warmen Wind im Haar, das dem Süden eigene, farbenfrohe, aromatische Essen vor sich und das faszinierend transparente Meer, da fühlte sie sich zu Hause. Und sie beschloss, dies alles zu genießen, wenigstens etwas von der Angst und dem Zorn dahingehen zu lassen.

Nach dem Essen brachte Saverio einen Teller mit geschälten rot- und gelbfleischigen Kaktusfeigen.

Sie waren süß und saftig, und Sveva war regelrecht verrückt nach diesen Früchten. Sie leckte sich den Saft der soeben verschlungenen, letzten Frucht von den Fingern und sah Saverio aus halbgeschlossenen Lidern an.

Als sie die Zärtlichkeit in seinem Blick sah, fühlte sie sich verstanden. Es gab da ein Band zwischen ihnen, und das lag nicht an ihrer Blutsverwandtschaft. Sie spürte, dass sie einander ähnlich waren, aber sie wollte es langsam angehen lassen.

»Ich möchte dich jemandem vorstellen«, sagte er und stand auf.

»Ich müsste aber vorher noch mal zur Pension zurück. Da ist jemand, der auf mich wartet, und ich glaube, er ist schon ziemlich sauer, weil ich schon so lange weg bin. Können wir das verschieben? Ich habe nicht vor, morgen abzureisen.« Es bestand kein Grund zur Eile. Sie war müde und wollte mit Rurik sprechen, sich diesen Tag von der Seele reden.

Saverio lächelte. »Natürlich, das verstehe ich. Ich dachte, du würdest sofort meine Welt kennenlernen wollen, ich bin einfach zu hastig. Entschuldige.«

Er ging zurück ins Haus, und Sveva sah ihm hinterher. Als hätte sie ihn gerufen, wandte er sich noch einmal nach ihr um und lächelte so schwermütig, dass es Sveva im Herzen wehtat.

Sie atmete tief ein, ihre Hände zitterten. Nie war er da gewesen, wenn sie ihn gebraucht hatte, nie hatte er ihr eine Gutenachtgeschichte erzählt, er hatte sie nicht heranwachsen sehen. Aber jetzt war er da, und das war das Einzige, was zählte. In seinen Augen konnte sie eine stumme Bitte lesen. »Gib mir noch eine Chance. Bitte.«

Und Sveva entschied, sie ihm zu geben.

25.

Sveva folgte Saverio durch die Gassen am Meer, die Haare vom Wind zerzaust, und atmete die salzige Seeluft ein.

Zwei Jungen führten Pferde an den Strand, deren Hufe über den Asphalt klapperten.

Sveva sog alles in sich auf, was sie umgab, sie konnte nicht genug davon bekommen. Jeder Farbton hier war eindringlich und leuchtend. Dies hier also hatte ihren Vater zu den Farben seiner Wandmalerei am Bauernhaus inspiriert. Die Farben seiner Heimat. Das durchdringende Türkis des Wassers, das Rosa und Rot der Blumen, das blendende Weiß der Häuser, das Schwarz der Kleider von den Frauen, die in den Gassen saßen, Fische ausnahmen und im Dialekt miteinander schwatzten.

Tropea hatte den Ruf, königlich und hochmütig zu sein. Und das zu Recht. Wie eine Königin vergab dieser Ort Schönheit, Düfte und Träume.

Vor einem niedrigen Haus blieben sie stehen, die Tür war geöffnet, was nicht gerade den örtlichen Gepflogenheiten entsprach.

Das bescheidene Gebäude lag eingezwängt zwischen zwei größeren Häusern, seine Mauern waren rissig, davor standen zwei ausgediente Stühle.

»Komm«, forderte ihr Vater sie auf und nahm ihre Hand.

Sie traten ein. Eine kleine dunkle Küche, ein Ofen mit abblätterndem weißen Lack und ein Gasherd, auf dem in einem Topf etwas kochte. In der Mitte stand ein beschichteter Tisch mit vier Stühlen.

In einem Sessel saß eine beeindruckend mit Goldschmuck behangene Frau. Um ihren Kopf war ein rotes Tuch geschlungen, und in den beringten Händen hielt sie einen Rosenkranz.

»Za Romana«, sprach Saverio sie leise an.

Mit geschlossenen Augen ließ die Frau den Rosenkranz durch ihre Finger gleiten und bewegte betend die Lippen.

»Za Romana«, sagte er noch einmal, diesmal lauter.

Sie öffnete die Augen, verharrte noch einen Moment in ihren Gedanken und sah dann den Mann an, der vor ihr stand.

»Saveri.«

»Ich habe jemand ganz Besonderen mitgebracht.« Er trat zur Seite, damit sie Sveva sehen konnte, die hinter ihm stehen geblieben war.

»*Figlieta*, Tochter?«, fragte die Frau, als hätte sie sie erwartet, denn sie wusste genau, wer Sveva war. Im Traum war sie ihr oft begegnet.

Sveva sah sie an. Za Romanas Augen waren zwei große schwarze Tropfen in einem alterslosen Gesicht. Ihre Haut war weiß wie Alabaster, und die Haare, die unter dem Tuch hervorschauten, waren von seidigem Rabenschwarz.

Sveva schauderte.

»Komm her, *ninna mea*, mein Kind.« Za Romana machte ihr ein Zeichen. »*Assetati*, setz dich«, forderte sie sie auf und zeigte auf ein Kissen zu ihren Füßen.

Sveva setzte sich, ohne Fragen zu stellen.

»Du bist wunderschön, genau so, wie ich dich immer in meinen Träumen und Gebeten gesehen habe«, sagte sie und strich über Svevas Gesicht.

»Aber in deinen Augen sehe ich noch Zorn. Dein Vater hat sehr gelitten. Du kannst es nicht wissen. Aber ich weiß es.« Sie warf einen Blick auf Saverio, der wenige Schritte von ihnen entfernt stand. »Lass mich mit ihr allein.«

Als Saverio die Tür hinter sich geschlossen hatte, wandte sie sich wieder an Sveva. »Liebe reicht nicht immer aus, *ninna mea*, wie tief und wahr sie auch sein mag. Als Saverio von seiner Reise aus dem Norden zurückkehrte, da kam er zu mir. Nicht zu seiner Mutter, denn die hätte niemals begriffen, dass das in seinen Augen Liebe war. Diese *fimmina*, diese Frau, hat immer nur ans Geld gedacht. Saverio war so glücklich. Er wollte zurück zu diesem Mädchen, in das er sich verliebt hatte, wollte sie heiraten. Ich habe alles in meiner Macht Stehende getan, um ihm zu helfen, aber deine Großmutter, Donna Giacinta, hat Schande walten lassen, la *magherìa*, Verwünschung, Betrug und Heimlichtuerei. Das hat sie immer getan, schon als Saverio noch ein Kind war. Da kam er zu mir gelaufen, weil sie ihn schlug, wenn er nicht gehorchte, nicht tat, was sie wollte.«

Sveva schluckte. »Sie schlug ihn?«

»Ja, und sie hat immer versucht, ihn an der kurzen Leine zu halten.« Za Romana blickte nun finster drein. »Glaubst du etwa, Saverio hätte nicht nach dir gesucht, wenn er von dir gewusst hätte? Du kennst ihn noch nicht, aber du wirst ihn kennenlernen. Und lieben. Für mich ist er wie ein Sohn. An meinem Rockzipfel ist er großgeworden.« Der Blick ihrer schwarzen Augen glitt über Svevas Gesicht. »Er trägt schwer an seiner Vergangenheit, aber keine Schuld. Und wenn er dich zu Donna Giacinta bringt, dann lass dir bloß nichts gefallen.«

Sie wühlte in der Tasche ihres schwarzen Kleides und zog zwei getrocknete Seepferdchen heraus, winzig und vollkommen.

Fast konnte Sveva die donnernden Wellen hören, die salzige Luft überall im Zimmer spüren. Sie musterte Za Romanas strahlendes Gesicht, ihre roten Lippen, die von tausend Zaubern kündeten.

Die Frau ließ die beiden Seepferdchen in ihre offene Handfläche fallen.

»Nimm sie, für dich und diesen Mann, der dich liebt. Und jetzt geh. Ich bin müde.«

Sie schloss die Augen und ließ den Rosenkranz wieder durch ihre Finger gleiten.

Sveva trat in die gleißende Sonne hinaus.

Ihr Vater wartete vor dem Tor auf sie. »War es sehr seltsam?«, wollte er wissen, als er ihr gerötetes Gesicht sah.

»Ein wenig schon, aber sie ist einmalig.«

»Za Romana ist wie eine Mutter für mich, ich habe sie geliebt und tue es noch. Sie ist die Letzte, die nach altem Brauch eine Wasserhose auflösen kann, und hat damit viele Leben gerettet. Du wirst dich fragen, was die beiden Seepferdchen bedeuten, die sie dir geschenkt hat.«

Sveva nickte.

»Sie stehen für Treue, Sveva. Und schützen wahre Liebe.«

Sveva presste die Lippen zusammen.

»Ich hätte deiner Mutter auch eines geschenkt, wenn ich die Möglichkeit dazu gehabt hätte.«

Die Gasse belebte sich langsam. Einige Jungen spielten Fußball, ein etwas älteres Touristenpärchen in Trägerhemden und Bermudas schlenderte Eis essend an ihnen vorbei.

Die Jeans klebte Sveva an den Beinen. Sie wollte duschen und sich ausruhen, wollte das alles erst einmal sacken lassen.

Ihr schwirrte der Kopf.

Saverio legte einen Arm um ihre Schulter. »Heute Abend treffen wir uns bei einem meiner Nachbarn mit einigen befreundeten Fischern und ihren Familien zum Essen. Ich würde mich freuen, wenn du auch kommen würdest. Waschechte Tropea-Küche, das würde ich mir an deiner Stelle nicht entgehen lassen.«

Sveva zögerte. »Ich bin ziemlich müde und, wie ich schon sagte, auch nicht allein hier.«

»Du kannst mitbringen, wen immer du magst. Hauptsache, du bist da.« Saverio beugte zu ihr hinunter und gab ihr einen Kuss auf die Wange. »Bitte, komm.«

Einen Moment lang bewegte sie sich nicht, verlor sich vollkommen im Kuss ihres Vaters. Und dann führte sie eine Hand an ihr Gesicht, um dieses Gefühl von Geborgenheit für immer zu bewahren.

An der Rezeption im Gelsomino wimmelte es von Leuten. Eben war eine Gruppe Neapolitaner angereist, die ein ziemliches Durcheinander veranstaltete.

Sveva zwängte sich durch die Menge, bis sie an der Theke stand, wo eine der Töchter der Inhaberin gerade die Anmeldung erledigte.

»Ist Signor Olafsson auf seinem Zimmer?«

»Nein, er hat gesagt, dass er zum Strand beim Convento gehen will«, antwortete das von Ausweisen und Computer abgelenkte Mädchen.

»Alles klar, danke.«

Sveva ging auf ihr Zimmer und zog ihren Bikini an. Darüber streifte sie ein türkisfarbenes Strandkleid, schlüpfte in ihre Flipflops, warf sich ein Handtuch über und machte sich auf den Weg.

Die Gassen im Zentrum waren schon voller Touristen.

Sie überquerte den Corso, bog in die Via della Libertà ein und ging dann den Weg bei Sant'Antonio hinunter, der an der gleichnamigen kleinen Kirche vorbeiführte.

Unter ihr erstreckte sich das Meer wie ein lichtblaues Tuch, das sanft über den weißen Sand wehte. Musik schallte von den Strandbädern herauf, Eidechsen huschten in ihre Verstecke unter der mediterranen Macchia, die Sonne stand wie ein Feuerball am Himmel.

Rurik saß auf einem Handtuch, in der Sonne leuchtete sein Haar wie Weißgold. Er sah auf das Meer hinaus, genau dahin, wo sich die Insel Stromboli aus dem Wasser erhob.

Sveva blieb neben ihm stehen. Er hob den Kopf und rieb sich die Augen.

»Überpünktlich«, begrüßte er sie ironisch. »Du hast dir ja alle Zeit der Welt gelassen.«

Sveva legte ihr Handtuch neben seines und zog das Strandkleid aus.

»Entschuldige, dass ich dich die ganze Zeit allein gelassen habe.« Sie lächelte ihn an. »Lief aber gut.«

Rurik grub mit dem Fuß ein kleines Loch in den Sand.

Hinter ihnen stellten ein paar Jugendliche ein Radio an.

»Und wie ist er?«

»Er hat uns für heute Abend zum Essen eingeladen.«

Rurik legte sich hin, die Arme im Nacken verschränkt.

Sveva runzelte nachdenklich die Stirn. »Ich weiß gar nicht, ob ich hingehen soll, vielleicht ist es noch zu früh dafür.«

»Nein, ist es nicht.«

»Eigentlich glaube ich auch, dass es ihn freuen würde, sonst hätte er uns ja nicht eingeladen. Aber ich bin ziemlich durcheinander.« Sie umschlang ihre Knie mit den Armen.

Rurik drehte ihr das Gesicht zu, sein Blick schimmerte wie grünes klares Wasser. »Du machst es dir zu schwer.«

Sie nickte. Irgendetwas war anders an ihm. »Was hast du?«, fragte sie.

»Schwermütige Gedanken, aber das soll dich jetzt nicht stören, Sveva.«

Manche Arten von Einsamkeit waren einander verbunden und erkannten sich, und sie spürte, dass ihre Einsamkeit auch die von Rurik war. Trotz der ganzen Aufregung war seine Stimme so zärtlich, nur ein klein wenig belegt.

»Willst du darüber reden?«

Er schüttelte den Kopf. »Ich gehe lieber schwimmen. Kommst du mit? Das Meer ist wunderbar.«

Er nahm sie bei der Hand und zog sie ans Wasser.

Es war kalt und klar.

Rurik tauchte hinein und kurze Zeit später wieder auf. Wassertropfen glitzerten auf seiner goldbraunen Haut.

»Los, rein mit dir!«

Sveva schauderte. »Warte. Ich komme gleich.« Aber sie traute sich nicht.

Sie sah, wie er wieder untertauchte, dann griffen zwei Hände nach ihren Waden und zogen sie hinunter.

Sie fiel ins Wasser, direkt in Ruriks Arme.

Gesicht an Gesicht, ein gemeinsamer Atemzug. Er umschlang ihre Mitte und drückte sie an sich.

Sveva lehnte ihre Wange an seine Schulter und gab sich ganz dem Wasser und seiner Körperwärme hin.

In diesem Moment wünschte sie, dieser perfekte Moment, umschlossen von einer Umarmung, möge für immer dauern, damit es für sie nie wieder Angst und Zweifel gäbe. Dann küsste er sie, und sie schwebte zwischen den Wellen und seinem Herzschlag.

Am Abend gingen sie gemeinsam mit Saverio zu dem Essen bei seinem Nachbarn.

Über das weiße Haus fiel an der Frontseite gegenüber dem Meer eine Fülle blauer Blumen.

Eine Signora um die fünfzig empfing sie: filterlose Zigarette im Mund, pomadisiertes Haar, beigefarbene Leinenhose und ein gestreiftes Shirt.

»*Trasiti, trasiti.* – Hereinspaziert«, empfing sie sie mit rauer Stimme.

Sie gingen durch das Wohnzimmer auf eine große Terrasse. An einem Tisch mit blütenweißer Decke saßen etwa zwanzig Leute; Männer, Frauen und Kinder.

Als sie Sveva, Rurik und Saverio sahen, verstummte das fröhliche Stimmengewirr augenblicklich, und gespannte Stille breitete sich aus.

Schließlich erhob sich eine Frau beachtlichen Umfangs und stützte beide Hände auf den Tisch. »*Saveri! Veni, assettate.* – Komm und setz dich!«, rief sie und schlug mit einer Handfläche auf die Tischdecke.

Saverio stellte die von ihm mitgebrachte Korbflasche Rotwein auf den Tisch. Sveva kannte die Signora von einem der Bilder ihres Vaters; dort stand sie erhobenen Hauptes vor dem Meer, mit vom Wind aufgebauschten Röcken.

»Und wer ist dieses hübsche Kindchen da?«, fragte sie und musterte Sveva von Kopf bis Fuß.

»Ich bin eine befreundete Journalistin«, antwortete Sveva schnell.

Fragend sah die Frau Saverio an. »*Cu è?* – Wer ist sie?«

»Sie schreibt für eine Zeitung«, gab er geduldig zurück.

»*Che ne sacciu ieu, assettatevi.* – Wie auch immer, setzt euch!«

Sveva musterte die Gesichter der Gäste, ihre Mienen. Sie lauschte der im Dialekt gehaltenen Unterhaltung, von der sie kein Wort verstand. Rurik hingegen schien sich ziemlich wohlzufühlen.

»Das Essen am Freitag ist heilig, was meinen Sie, Conte Braghò?«

»Michele«, antwortete Saverio und steckte sich ein Stück geschmorten Seeaal in den Mund, »wann hören Sie endlich auf, mich zum Narren zu halten?«

Michele lachte und leerte sein Glas.

»Das habe ich verstanden«, warf Rurik ein und nahm sich einen Löffel kleiner Tintenfische.

Er unterhielt sich vollkommen ungezwungen mit den Fischern, als ob diese Umgebung von jeher sein angestammter Platz gewesen wäre.

Eine riesige Seespinne, deren lange Beine über den Rand der Platte reichten, thronte in der Mitte der Tafel.

Malvina hätte sich hier wie Alice im Wunderland gefühlt, dachte Sveva. Eine Königin in ihrem Reich.

Tintenfisch mit Soße wurde aufgetragen, Stücke von frittiertem silbernen Löffelstör, Paprika und Thunfisch, Seeaal mit Tomaten, *Pitta* mit duftenden, krossen *Ninnata*. Und dann wurde stolz ein weiteres Gericht aufgetragen: die *Oijata*.

»Das ist ein sehr altes traditionelles Rezept aus Tropea«, flüsterte ihr Vater Sveva zu. »Nur ganz wenige Frauen können es zubereiten. Koste es, aber nur, wenn du Scharfes verträgst. Und dann schnell kauen.«

Sveva nahm einen Bissen.

Zuerst schmeckte sie Fisch, dann beherrschten die Chilis alles, und sie schnappte nach Luft.

Sie streckte die Hand nach ihrem Wasserglas aus wie eine Verdurstende in der Wüste, aber Saverio hielt sie auf. »Du musst Brot und Oliven essen und Wein trinken.«

Mit Tränen in den Augen nickte sie und befolgte seinen Rat, bis sie schließlich wieder ansatzweise den Rest des Gerichts schmeckte.

Zumindest stand ihr Rachen nicht mehr in Flammen.

Sie trank mehr Wein und aß Brot.

»Nehmen Sie noch etwas Fisch. Essen Sie, so was bekommen Sie so schnell nicht wieder.« Ein Mann mit abgebrochenem Schneidezahn und der Haut eines Stockfisches reichte ihr eine Platte. »*Jamo* – na los, essen Sie.«

Hin und wieder warf Rurik ihr einen Blick über den Tisch zu, als wollte er ihr zeigen, dass er sie im Auge behalte, aber es war offensichtlich, dass er sich königlich amüsierte.

Sveva lächelte ihm zu; es war schön, ihn so fröhlich zu sehen.

Die Nacht war warm, der Augentrost verströmte einen betörenden Duft.

Das Meer wiegte sich sanft wie die Körper zweier Liebender.

Die beleibte Frau, die Hausherrin mit Namen Maddalena, reichte Nüsse und Kerne: Lupinen, Kürbiskerne, Pistazien.

»So beenden wir alle Mahlzeiten«, erklärte Saverio.

»*Jamo, Matteo, cumincia.* – Na los, Matteo, fang an.« Michele machte eine einladende Handbewegung in Richtung des am Kopfende sitzenden Mannes.

Dieser erhob sich, und wie ein überbordender Fluss sprudelten Geschichten über das Meer aus ihm heraus, über Geister und Fischer und deren Leben, und an der Tafel herrschte andächtige Stille.

Als der Abend seinem Ende entgegenging, füllte Maddalena etwas *Oijata*, einige Stücke Seeaal und Paprika in einen luftdichten Behälter. »Bring das Za Romana«, trug sie Saverio auf.

Sie verabschiedeten sich von allen, und Sveva wurde eingeladen, in den nächsten Tagen auf einen Kaffee vorbeizukommen.

Von Saverio verabschiedeten sie sich vor seiner Haustür.

»Komm morgen früh, dann bringen wir Za Romana das Essen.«

»Warum ich?«

»Weil du der Pfeil auf einem gespannten Bogen bist, der

noch abgeschossen werden muss.« Er küsste sie auf die Wange. »*Buonanotte.*«

Sveva und Rurik machten noch einen Spaziergang am Strand vom Convento. Es war ein lauer Abend, und sie hatten noch keine Lust, in die Pension zurückzukehren.

Aus den Strandbädern schallte laute Musik, dort würden die jungen Leute bis in die frühen Morgenstunden tanzen. Einige hatten am Strand ein Lagerfeuer angezündet, spielten Gitarre und sangen dazu.

Sveva hatte ihre Schuhe ausgezogen, und der Sand legte sich sanft um ihre Füße. »Hast du dich wohlgefühlt?«

Rurik blieb stehen. »Ich habe mich zu Hause gefühlt.«

»Ich auch«, antwortete sie und erinnerte sich plötzlich an die Seepferdchen, die Za Romana ihr gegeben hatte. Sie tastete in ihrer Hosentasche und fand sie sofort. »Ich habe etwas für dich.«

Sie holte eines der beiden heraus und gab es ihm.

Rurik zog fragend die Brauen hoch.

»Warum?«

»Um dich zu schützen. Frag mich nicht, woher die Person, die es mir gab, von dir weiß. Sie wusste es einfach. Nimm es.«

Behutsam nahm er das Tierchen in die Hand.

Er drehte es zwischen den Fingern hin und her, um es genau betrachten zu können, schloss einen Moment die Hand darum und steckte es dann in seine Hemdtasche.

»Da du genauso eines hast, heißt das, dass wir von nun an aneinander gebunden sind?« Er lächelte.

»Ich habe nicht genauso eines«, log sie.

»Und was hast du da in deiner Hosentasche?«

Sveva antwortete nicht und beschleunigte ihre Schritte. »Hast du Lust, auf die Insel zu gehen?«

Sie stiegen die in den Fels gehauenen, von Laternen gesäumten Stufen hinauf und blieben ab und zu stehen, um Atem zu schöpfen.

Als sie oben ankamen, lehnten sich beide mit dem Rücken zur byzantinischen Kirche an die Mauer. Die Aussicht, die sich ihnen jetzt eröffnete, war atemberaubend.

Das Meer sah aus wie ein riesiger Tintenklecks, und Tropea erstreckte sich auf den imposanten Tuffsteinmauern. Der weiße Strand am *Mare picciulu* sah aus wie ein Streifen Mondlicht.

»So etwas Schönes habe ich noch nie gesehen«, flüsterte Sveva und hielt ihr Gesicht der Nacht entgegen. »Hier ist alles voller Magie.«

Sie spürte Ruriks liebkosende Hand an ihrem Nacken. Mit leichtem Druck drehte er ihr Gesicht zu sich.

»Und hier. Hier ist auch Magie.« Sein Atem war warm, als er seine Lippen auf ihre Stirn drückte. Dann glitt er über ihre Schläfen, strich ihr mit seinen Fingern über das Haar.

Sie wandte sich ab, aber er hielt ihre Taille umschlungen. »Nein, ich lasse dich nicht gehen.«

Ihr Blick brachte ihn zum Schweigen, und so beließ er es bei einer Liebkosung, die ihr Schauer über den Rücken jagte.

Oh, Mamma, wenn du doch nur hier wärst! Dann könnte ich dir erzählen, wie ich mich in seiner Nähe fühle.

26.

Am nächsten Morgen war es unerträglich heiß, aber dank der angelehnten Fensterläden herrschte in der Küche kühles Dämmerlicht. Za Romana saß in dem Sessel, in dem Sveva sie auch das erste Mal gesehen hatte.

In ihren Händen lag wieder der lange Rosenkranz, und hinter ihrem rechten Ohr steckte eine Hibiskusblüte. Der Schal um ihre Schultern war eine wahre Pracht aus gestickten Rosen.

Zwei Fliegen summten um sie herum, was sie jedoch nicht weiter zu stören schien.

Sveva schauderte; sie war so würdevoll und von so tiefer Schönheit.

»Buongiorno«, flüsterte sie.

Die Frau öffnete ihre Augen leicht und deutete ein Lächeln an, das eine Reihe weißer, gesunder Zähne entblößte.

»Ich habe Ihnen etwas zu essen mitgebracht.« Sveva hob die Tüte in ihrer Hand, als müsste sie ihre Anwesenheit damit rechtfertigen.

Za Romana nickte.

»Hast du die Frau mit der Rose am Hals gesehen?«, fragte sie und deutete mit ihrer beringten Hand auf die Seite ihres Halses.

Sveva runzelte die Stirn. Sie verstand nicht.

»*La femmina du malaugurio*, die Unglücksbotin. *Ascetati*. Setz dich und warte. Warte.«

Plötzlich riss Za Romana ihre onyxartigen Augen auf, und ihre ganze Gestalt veränderte sich vor Svevas erstaunten Augen. Die Frau mit dem schwarzen geflochtenen Haar verwandelte sich in eine Ehrfurcht gebietende Gigantin, die in hellem Licht erstrahlte und deren dröhnende Stimme aus grauer Vorzeit zu kommen schien. »Das Schicksal steht geschrieben. Und es kann nicht verändert werden.«

Sveva ließ die Tüte fallen, und der Essensbehälter schlug mit einem dumpfen Knall auf den Boden.

Ihr Mund war trocken, und sie schauderte, es lief ihr eiskalt den Rücken hinunter. Za Romanas Augen waren nunmehr kohlschwarze Feuer.

Eine wahre Herrscherin war sie, eine archaische Mutter, die die Fäden des Schicksals fest in den Händen hielt.

»*Saveri nun sape.* – Saverio weiß es nicht«, erklärte sie mit tiefer rauer Stimme. »*Saveri nun sape nulla.* – Saverio weiß überhaupt nichts«, wiederholte sie in einem gleichmäßigen Singsang.

Ein Fensterladen schlug auf, und ein gleißender Sonnenstrahl teilte das Zimmer.

Sveva erschrak und drehte sich zum Fenster. Staub tanzte im Licht, das Dämmerlicht von vorhin war wie weggeblasen. Za Romana war keine Gigantin mehr, und sie schien Sveva gar nicht wahrzunehmen.

Sveva wäre am liebsten weggerannt, doch stattdessen beugte sie sich hinunter und hob die Tüte auf. Sie holte den Essensbehälter heraus und stellte ihn auf den Tisch. Ihre Hände zitterten.

Sie warf einen letzten Blick auf Za Romana mit ihren geschlossenen Augen, ihren Lippen vom Rot einer reifen Kaktusfeige, auf den Rosenkranz, der zwischen ihre Finger geglitten war. Dann drehte sie ihr den Rücken zu. Jetzt brauchte sie unbedingt frische Luft.

Kurz darauf ging Sveva mit Saverio zum Palazzo Braghò, ein aus der Zeit gefallenes architektonisches Meisterwerk.

Windungen und Bögen vereinten sich zu einer harmonischen Mischung aus Maurischem und Jugendstil, wanden sich bis hin zum von Zinnen gekrönten Turm, der auf eine beachtliche Vergangenheit schließen ließ.

Saverio drückte Svevas Hand, als sie die Stufen hinaufstiegen, die aus dem Innenhof in den ersten Stock führten. Die Fenster des Palazzo waren geöffnet und ließen Wärme und Sonne ein.

»Mach dir keine Sorgen, *ninna*, mein Kind. Es wird alles gutgehen.«

Sveva wollte ihm gerne glauben, war aber auf der Hut.

»Sie heißt Giacinta«, sagte ihr Vater. »Du musst ihr etwas Zeit geben. Solltest du sie aber in dein Herz schließen, dann sieh dich vor. Genau wie der Duft der Hyazinthe, der Pflanze, deren Namen sie trägt, kann sie dich in ihren Bann ziehen. Aber keine Sorge, ich bin ja bei dir.«

Und nun war sie hier und musterte diese Signora mit dem weißen Haar, die in einem schmiedeeisernen Stuhl auf der Terrasse saß, in der Hand ein Glas, das zur Hälfte mit einer zähen weißen Flüssigkeit gefüllt war.

»Mamma!«, rief Saverio. Er und Sveva standen im freskobemalten Wohnzimmer vor der Fliesenreihe, die die Grenze zur Terrasse kennzeichnete.

Die Frau drehte sich um. Ihr ebenmäßiges Gesicht war winzig, und die Augen darin glänzten wie Achatsteine. Sie trug eine leichte blassrosa Strickjacke und eine lange Perlenkette.

Während sie von ihrem Sohn zu Sveva schaute, verschränkte sie die Arme vor der Brust, und ihr Blick wurde hart und argwöhnisch.

»Mamma, das ist Sveva. Deine Enkelin.«

Die Hand der Frau zitterte, als sie langsam das Glas auf dem Tisch abstellte.

»Was redest du da, Sohn?« In ihrer Stimme schwang verhaltener Ärger. »Ich habe keine Enkel.«

»Sie ist meine Tochter, Mamma. Ljubas und meine Tochter.« Saverio legte Sveva einen Arm um die Schultern und drückte sie leicht an sich. »Meine Tochter.«

»Woher weißt du das so genau? Auf mich wirkt sie wie fremdes Blut.«

»Ich sollte wohl besser gehen.« Svevas Herz hatte sich zu einer harten Kugel zusammengezogen. Sie hatte gewusst, dass es falsch war herzukommen. Diese Frau war ihr feindlich gesinnt, vom ersten Blick an, den sie auf sie geworfen hatte. Sie konnte ihr das nicht vorwerfen. Sie kannte Sveva nicht, und, ja, sie hatte recht: Sveva war hier fremd.

»Nein, du bleibst. Wir bleiben. Zum Essen.«

Die Frau wandte sich ab, und Sveva sah den Fleck an ihrem Hals.

Ein Muttermal in Form einer Rose.

Das Schicksal springt oft aus den Gleisen, die die Menschen ihm zugedacht haben, und so saß Sveva am Tisch der Frau, die alles dafür getan hatte, ihre Existenz zu verleugnen.

Donna Giacinta richtete kein Wort an sie, aber mit ihrem Vater in der Nähe fühlte Sveva sich sicher.

Sie war nicht verwundert, dass Saverio ein Leben inmitten einfacher und natürlicher Menschen bevorzugte.

Trotz all seiner Pracht mit dem Stuck und den Fresken hätte man in diesem Palazzo ersticken können. Und Giacinta war eine Frau, die Kälte und Distanz ausstrahlte.

Eine betagte Adelsdame von harschem Gemüt.

Sie fragte sich, was wohl geschehen wäre, wenn die Dinge

anders gelaufen wären und ihre Mutter hier ihr Zuhause gehabt hätte. Ljuba hatte immer freie Flächen geliebt, und hier drinnen, zwischen den schweren Vorhängen und dem goldenen Stuck, wäre sie verkümmert. In gewissem Sinne war Sveva dankbar, dass ihre Mutter in dem Glauben an eine große verlorene Liebe gestorben war.

»Du behauptest also, Saverios Tochter zu sein.« Die Stimme Donna Giacintas brachte sie zurück in die Gegenwart. »Solltest du tatsächlich eine Braghò sein, musst du wissen, dass die Frauen in dieser Familie schon immer sehr besonders waren.« Sie hielt inne und nahm noch einen Löffel Consommé.

»Mammà, fang nicht mit dieser Geschichte an, das ist bloß eine Legende.« Saverio wischte sich mit einer Serviette den Mund ab und schnaufte. »Nichts davon ist wahr, und du weißt es genau. Hör nicht auf sie, Sveva.«

»Sei still. Nichts weißt du, gar nichts.« Giacinta trank einen Schluck Wasser. »Die Frauen unserer Familie kennen das Geheimnis der wahren *Oijata* nach alter Tradition, die auf die Araber zurückzuführen ist. Wenn du wirklich zu den Braghòs gehörst, wirst du sie auch auf unsere Art zubereiten können. Dann werde ich vielleicht, aber nur vielleicht, glauben, dass du Saverios Tochter bist, meine *nipotema*, meine Enkelin.«

»Was du verlangst, Mamma, ist absurd. Du willst ihr nur Steine in den Weg legen. Es steht dir frei, sie zu akzeptieren oder nicht, aber hör endlich mit diesem Unsinn auf.«

»Ich nehme an.«

Das waren Svevas Worte, wahrhaftig. Und sie hatte diese innere Stimme verscheucht, die jede von ihr getroffene Entscheidung anzweifelte.

Giacinta verschluckte sich. Sie hustete, und Tränen traten in ihre Augen.

»Einverstanden. Nächsten Samstag. Wir werden einige

Leute zum Essen einladen, und der Hauptgang wird deine *Oijata* sein.« Sie warf ihr ein verschlagenes Lächeln zu.

Als Saverio und Sveva Giacintas Haus verließen, stieg Za Romana von der Küste die Stufen in den Tuffsteinfelsen hinauf, die bis in den Ort führten. Den argwöhnischen Blicken der Leute zum Trotz schritt sie erhobenen Hauptes voran, das Tuch vor der Brust geöffnet, sodass das Kreuz an einer Goldkette um ihren Hals zu sehen war.

Als sie die Piazza betrat, murmelten zwei Frauen sogleich eine Beschwörung, während die Männer sie mit Blicken verschlangen.

Sie bog in die enge Gasse ein, die zum alten Fischgeschäft führte, überquerte den großen Corso und ging weiter in Richtung Dom.

Ihr Weg führte sie zu einem getäfelten Tor, das von verziertem Tuffstein umrahmt war. Sie ergriff den einem Löwenkopf nachempfundenen Türklopfer und schlug ihn vehement dagegen.

Eine große Frau mit Dutt, gestärkter weißer Haube und blütenreiner Schürze, die ihre Rundungen verdeckte, öffnete.

»Ist Donna Giacinta da?«

»Ah, Sie sind es. Ich sehe nach, ob die Signora ausgegangen ist.«

Sie wusste, dass sie im Haus war, sie konnte sie am Fuß der Treppe sehen.

Da verschaffte sich die Gestalt Gehör. Ihre Stimme erklang hinter dem Dienstmädchen, schrill und gereizt, so wie Za Romana sie in Erinnerung hatte.

»Wer ist das, Maddalena?«

»*Sugno ieu* – ich bin es, Donna Giacinta.« Za Romana sprach so laut, dass Donna Giacinta es hören musste.

Das Dienstmädchen trat zur Seite, und die Hausherrin erschien auf der Schwelle. Ihre Augen waren hart wie Achat.

»Was wollen Sie?«

»Hereinkommen.«

»Sie sind nicht willkommen, Za Romana. Das wissen Sie.«

Der Blick der Frau mit dem roten Tuch wurde schneidend wie eine Klinge. »Sie müssen Ihre Enkelin akzeptieren.«

Donna Giacinta hob eine Braue. »Ach, und Sie wollen mir das vorschreiben?«

Plötzlich erhob sich ein kalter, unbarmherziger Wind. Eine große Vase in Donna Giacintas Rücken fiel zu Boden und zersprang in tausend Stücke.

»Ich war es, die Sie von der *magherìa* befreite, oder haben Sie das schon vergessen?« Za Romana stieß die Worte zwischen den Zähnen hervor.

Sie ergriff Donna Giacintas Hand und drückte sie fest, obwohl diese versuchte, sich zu befreien.

»Es ist an der Zeit, die Vergangenheit ruhen zu lassen. Reicht Ihnen nicht, was Sie Saverio angetan haben? Akzeptieren Sie Ihre Enkelin, ich sage es noch einmal. Und seien Sie auf der Hut; ich sehe alles, und ich weiß alles.«

27.

»Hast du überhaupt eine Ahnung, was eine *Oijata* ist? Das bezweifle ich nämlich.«

Sveva und Saverio spazierten in Richtung der Jesuitenkirche den Corso hinunter. Ihr Vater machte ein besorgtes Gesicht. »Ich frage mich, ob du weißt, worauf du dich da eingelassen hast.«

»Nein«, antwortete Sveva schulterzuckend. »Aber du kannst mir doch das Rezept verraten, oder nicht? Immerhin bist du auch ein Braghò.«

»Vom Kochen habe ich keine Ahnung, mein Schatz. Ich bin Maler, kein Koch. Und ich fürchte, dass dir auch dein schöner Norweger nicht helfen kann … Überhaupt nicht. Du hättest nicht annehmen sollen.«

Sveva blieb stehen und sah ihn herausfordernd an. »Pass mal auf – mein ganzes Leben schon bin ich weggelaufen und habe mich geschämt, die zu sein, die ich bin; die ohne Vater. Jetzt habe ich einen, und ich finde, ich habe alles Recht der Welt, es darauf ankommen zu lassen. Ich will Anerkennung. Und außerdem … außerdem tue ich es auch Za Romana zuliebe, sie hat mir geraten, anzunehmen.«

Saverio runzelte die Stirn. »Sie hat dir dazu geraten?«

»Na ja, wenn man so will, schon …« Sie hakte sich bei ihm unter, und dann liefen sie mit dem Strom der Touristen weiter.

»Sie ist auch die Einzige, die dir helfen kann, Sveva. Geh zu ihr und bitte sie um Rat. Za Romana ist eine Sehende.«

Am nächsten Morgen gingen Sveva und Rurik hinunter zur Küste.

Sie waren bereits seit fünf Tagen in Tropea, aber erst einmal am Strand gewesen, und Sveva fürchtete, Rurik könnte sich langweilen und ihre Flausen satthaben.

Aber an diesem Tag hatte er darauf bestanden, sie zu begleiten.

Sie pflückten noch ein paar Kapern von den Sträuchern an den alten Schutzmauern, dann spazierten sie zum Hafen, der friedlich dalag.

Wie immer saß Za Romana in ihrem Sessel, den Rosenkranz in den Händen.

Aber heute war sie nicht allein.

Eine Frau war bei ihr. Sie trug ein schwarzes Tuch über dem Haar und ein ebenso schwarzes kurzärmliges Kleid. Ihr Gesicht war schön, die strahlende Haut an den Wagen noch straff.

»Za Romana«, setzte Sveva an. »Sie müssen mir helfen.«

»Ich weiß, mein Kind. Ich weiß alles. Deshalb ist meine Schwester Carmela hier.« Und sie warf der Frau neben sich einen liebevollen Blick zu. »Und dieser schöne junge Mann ist dein Herz. Komm her, mein Sohn.« Sie bedeutete Rurik, näher zu kommen. Za Romana umfasste sein Gesicht und küsste ihn auf die Stirn. »Die Madonna von Romania segne dich, mein Sohn. Dein Herz ist so rein, wie es deine Augen sind.«

Als Rurik sich ihr zuwandte, bemerkte Sveva sein leichtes Unbehagen.

»Die *Oijata* ist sehr kompliziert, mein Kind«, erklärte Za Romana und richtete ihren kohlschwarzen Feuerblick auf Sveva, »und die *Oijata* der Braghò ist die älteste und berühmteste von ganz Tropea. Aber ich kenne ihr Geheimnis, denn die Braghò-Frauen haben es von den Frauen meiner Familie gelernt. In alten Zeiten, uralten Zeiten. Meine Schwester Carmela kennt es, so wie ich. Sie weiß, wo sie die guten Chilischoten und die richtigen Sardellen bekommt. Nur einer der Fischer hat die Sardellen, die man für die perfekte *Oijata* braucht. Er heißt Mimmo, hat sein Boot am *Mare picciulu*.«

In ihrem Herzen vertraute Sveva Za Romana, so wie sie auch Malvina vertraute.

»*'U capiscesti?* – Hast du das verstanden? Die Chilis muss man bei einer Bäuerin in Monte Poro holen. Bei Sonnenaufgang, *quando 'e lacrime degli angeli bagnano la terra*, wenn der Boden von Engelstränen benetzt ist«, fügte Carmela hinzu. »Die *Oijata* muss zwei Tage vorher zubereitet werden, die Zeit drängt. Morgen fangen wir an.«

»Danke«, sagte Sveva. »Danke von Herzen.«

»Donna Giacinta hat eine Lektion verdient. Und in dir schlägt das Herz einer Tropeana.« Za Romana umarmte sie, hüllte sie ein in ihren Duft nach Mandeln und Orangenblüten.

Es war noch fast dunkel, als Rurik mit ihr im Fiat 500 von Carmelas Sohn, in den er kaum hineinpasste, durch die engen Gassen von Tropea kurvte.

Sie kamen in den von den Fischern bewohnten Ortsteil, der sich zur Piazza del Cannone öffnete. Dort parkten sie und warteten. Direkt vor ihnen funkelte hinter dem Geländer am *affacio*, von der Morgenröte geküsst, die byzantinische Fassade von Santa Maria dell'Isola in ihrer ganzen Herrlichkeit.

Carmela kam mit raschen Schritten auf sie zu, sie trug dasselbe Kleid wie am Vortag. Schnell stieg sie vorn ins Auto, und Sveva nahm den Platz hinter ihr ein.

»*Non vi vitte nissuno?* – Hat euch auch niemand gesehen?«, fragte sie, die Worte mit Gesten unterstreichend, um sich verständlich zu machen.

Sveva schüttelte den Kopf.

Anscheinend musste die Sache mit der *Oijata* geheim bleiben.

Sie fuhren los.

Der Sonnenaufgang färbte Himmel und Meer blutrot und golden, bis die Farben langsam verblassten und einem strahlenden, sanften Licht wichen.

Durch das geöffnete Fenster an Ruriks Seite drang der Geruch nach Salz und Orangenblüten.

Der Weg nach Monte Poro führte durch eine hügelige Landschaft über Haarnadelkurven, die herrliche Ausblicke auf das Meer freigaben.

Vor dem Dorf wies Carmela Rurik an, in einen kleinen Weg einzubiegen, der durch Kornfelder führte.

Nach einigen Kilometern bedeutete er ihr, vor einem alten Steinhof anzuhalten. Sie stiegen aus, und Carmela bedeutete ihnen, in der Einfahrt zu warten. Sie selbst stieg die Stufen hoch und klopfte.

Jemand öffnete, sie trat ein und kam kurz darauf in Begleitung einer Frau mit dunklem Teint und rabenschwarzem Haar wieder heraus.

Sveva und Rurik folgten ihnen hinter den Hof, wo ein Nutzgarten war.

Und hier wuchsen die Chilis; rote und grüne, leuchtend und üppig, von Tau benetzt.

Die Bäuerin pflückte etwa zehn Stück, machte über ihnen das Zeichen des Kreuzes und murmelte einige Worte. Dann steckte sie die Chilis in eine Papiertüte.

Ohne Geld zu verlangen, gab sie die Tüte Carmela.

»*Jamunindi* – gehen wir«, sagte diese und wandte sich in Richtung Auto.

Auf dem ganzen Rückweg lag ehrfürchtiges Schweigen über den dreien.

Sveva sah aus dem Fenster und erfreute sich an der Landschaft. Die Sonne stand nun hoch am Himmel, und die Hitze wurde drückend.

Rurik fuhr gedankenversunken, Carmela hielt die Tüte mit den Chilis auf dem Schoß fest.

Als sie wieder in Tropea ankamen, wimmelten die Straßen schon von Menschen, obgleich die Händler erst kurz zuvor die Geschäfte geöffnet und ihre Waren ausgestellt hatten.

An den kleinen Ständen auf der Piazza del Cannone kauften Kinder mit ihren Eltern Kokosnüsse und Nusskerne.

Eine Gruppe blonder blasser Mädchen, dem Aussehen nach fremd hier, zog die Blicke und Pfiffe der auf den Mopeds vorbeifahrenden Jungen auf sich.

Carmela bedeutete Rurik, in die Straße zum *Mare picciulu* einzubiegen, und der Fiat kurvte die Serpentinen hinunter, die sich vom alten Ort zum Meer hinabschlängelten.

Nur wenige Menschen lagen am Strand gegenüber Santa Maria dell'Isola in der Sonne.

Zu ihrer Rechten, neben der alten steinernen Bogenbrücke, die ab der Hälfte zerstört war und früher den Ort mit der Insel verbunden hatte, flickte ein Fischer ein Netz, das er zwischen zwei Holzpfähle gespannt hatte. Sein Boot lag nicht weit entfernt am Strand.

Sie parkten auf dem Gehsteig, und Carmela bedeutete ihnen zu warten. Sie stieg aus und ging auf den Fischer am Strand zu.

Sveva beobachtete, wie die beiden lebhaft miteinander sprachen; schließlich nickte der Fischer.

Kurz darauf kam Carmela zurück. »Morgen in der Frühe«, sagte sie. »Am Hafen.«

Dann schwieg sie wieder.

Den nächsten Halt legten sie bei Saverio ein.

Diesmal stiegen sie alle drei aus. Carmela klopfte. Sie mussten zehn Minuten warten, bevor Saverio öffnete. Seine Hände waren voller Farbe, und sein Haar war verstrubbelt.

»*Teni* – nimm«, sagte Carmela und drückte ihm die Papiertüte mit den Chilis in die Hand. »Die *Oijata* kochen wir morgen Abend hier, bei zunehmendem Mond. Leg die Chilis zur Seite, unter ein Bild der Madonna von Romania. *Vegnu dumani.* – Ich komme morgen.«

Saverio nahm die Tüte, dann sah er über Carmela hinweg Sveva an.

»Bist du dir sicher?«, fragte er zweifelnd.

»Machst du uns einen Kaffee?«, gab sie nur zurück und trat ins Haus.

28.

Eine Zeremonie.
Sveva hatte sich keine Vorstellung von der streng traditionellen tropeanischen Zubereitung einer *Oijata* gemacht.

Die Sonne war noch nicht aufgegangen, und die Sterne standen blass am Himmel, als Carmela und Rurik zum Hafen aufgebrochen waren, um von Mimmo die Sardellen zu holen.

Jetzt lagen sie in einem großen Teller aus Terrakotta zu einem kleinen silbernen Berg aufgehäuft.

Carmela trug über dem üblichen schwarzen Kleid ein *faddale*, und ihr graumeliertes Haar war zu einem dicken Zopf geflochten, den sie im Nacken eingedreht hatte. Der Mond schien hell durch das Küchenfenster.

An eine Blumenvase gelehnt stand das Bild der Madonna von Romania auf dem Tisch. Daneben hatte Carmela die Teller mit den Sardellen und den Chilis gestellt.

Sie bekreuzigte sich und zeichnete auch ein Kreuz über den Zutaten. Dann stimmte sie mit hocherhobenen Händen leise ein Gebet an. Wobei Sveva nicht ganz sicher war, ob es wirklich ein Gebet war. Wie eine archaische Litanei drangen die Worte leise und dicht aufeinanderfolgend aus Carmelas Mund, und Urzeiten hallten darin wider.

»Hör zu«, wandte sie sich dann an Sveva und sah sie an.

»Gib Wasser in einen Topf. Lass es lange laufen, es muss ganz kalt sein.«

Sveva nahm einen Terrakottatopf und tat, wie Carmela ihr geheißen, dann stellte sie die Gasplatte an und den Topf darauf.

Carmela wartete, bis das Wasser kochte, gab schließlich die Chilis hinein und trat einen Schritt zurück.

Das Wasser spritzte und kochte auf wie ein kleiner Vulkan, dann beruhigte es sich wieder.

»Und nun gib die Sardellen ins Waschbecken.«

Sveva gehorchte. Sie hatte das seltsame Gefühl, schon immer hierhergehört zu haben. Ihre Bewegungen waren natürlich und spontan. Alles war ihr vertraut.

Aber noch brauchte sie Carmelas Anweisungen.

»Für den gesegneten Fisch – Wind, erhebe dich und bringe uns Geruch und Segnung der See!«

In diesem Augenblick schlug das Fenster auf, und ein kalter Wind, der Geruch und Gesang des Meeres in sich trug, wehte ins Zimmer.

Sveva schauderte und schlang die Arme um ihren Körper.

Dies hier war Magie, wahrhaftig, und sie war ebenso fasziniert wie von Ehrfurcht ergriffen. Dies alles trotzte jeder Logik, und obgleich sie es hautnah miterlebte, verspürte sie keine Angst. Im Gegenteil, sie fühlte sich als Teil des Ganzen, nahm das Beben der Zutaten aus dem Wasser und aus der Erde wahr, und diese Beschwörungen zeigten ihr, dass das Unmögliche möglich war.

Carmela goss die Chilis ab, häutete sie, füllte sie in einen Teller und zerdrückte sie mit einem Holzlöffel zu einer rotgrünen Paste.

»Komm her«, sagte sie an Sveva gewandt. »Gib etwas Mehl hier rein.«

Sveva griff es mit den Händen aus der großen Tüte und füllte es auf den Teller, den Carmela gebracht hatte.

Carmela nahm die von Sveva gesäuberten und filetierten Sardellen und wälzte sie darin.

Sie war ernst und konzentriert. Nicht ein Wort zu viel kam ihr über die Lippen.

Dann nahm sie eine große Pfanne, goss reichlich Olivenöl hinein, das sie genau wie den Fisch gesegnet hatte, und stellte sie auf das Feuer.

Als das Öl heiß war, legte sie die Sardellen hinein, die zischend einen herrlichen Duft verbreiteten.

Schließlich nahm sie die Fische heraus, richtete sie auf einer großen runden Servierplatte kreisförmig an und gab vorsichtig die Chilipaste und etwas schwarzen Pfeffer in die Mitte.

Sie nahm Svevas Hand in ihre und schloss mit einem tiefen Seufzer die Augen. »*Pì un patri, pì 'a fiija. E cusì sia.* – Für den Vater, für die Tochter. Und so sei es.«

Sveva spürte die Wärme von Carmelas Haut an ihrer, und es durchfuhr sie wie ein elektrischer Schlag.

»Sie ist fertig«, sagte Carmela.

Das war wahre Magie: Magie von Frauen für Frauen. Und nur Frauen konnten sie wahrnehmen.

Sveva dachte an ihre Mutter, an Sasha, an Malvina und Fiorella. Tränen rannen ihr über das Gesicht.

29.

Die *Oijata* von Donna Giacinta sah aus wie ein Meisterwerk. Eines, wie es den Braghò-Frauen niemals zuvor gelungen war.

Bis an den Rand gefüllt mit silbernen Fischen und rotgrüner Chilipaste thronte sie auf dem Küchentisch.

Sie hatte sie allein zubereitet und dabei genau befolgt, was ihre Mutter sie einst gelehrt hatte und davor deren Mutter ihr.

Sie dachte an die Sommertage ihrer Kindheit und Jugend, als der Palazzo noch vom fröhlichen Trubel der ganzen Familie widerhallte und die *Oijata* traditionell an Ferragosto aufgetragen wurde, dem Tag, an dem auch die Meeresprozession für die Madonna dell'Isola stattfand.

Die Männer saßen auf der Terrasse um einen Tisch herum und aßen das beispiellos scharfe Gericht, tranken schweren dunklen Rotwein dazu und rauchten filterlose Zigaretten.

Die *Oijata* war ein Gericht für Männer, zubereitet von Frauen.

Und es waren auch die Frauen, die das Geheimnis ihrer Zubereitung hüteten und es seit Jahrhunderten weiterreichten. Genau wie das Ritual zur Auflösung einer *magherìa*, die den Tod bringen sollte.

Ohne Frauen, ohne ihre Weisheiten, wäre die Welt ein unendlich trauriger Ort.

Für das Abendessen hatte Donna Giacinta den ältesten Sohn des Avvocato Naso, der schon lange das Zeitliche gesegnet hatte, und seine Schwester eingeladen, außerdem Don Luigi, den Pfarrer der Kathedrale, und den Bürgermeister von Tropea mit seiner Frau.

Sie war sicher, dass es nicht nur keinen Krieg, sondern nicht einmal eine Schlacht geben würde.

Diese Frau würde die Prüfung niemals bestehen. Das war unmöglich.

Und sie würde endlich mit der Vergangenheit abschließen können.

Im Zimmer der Pension zog Sveva sich an.

Sie wollte etwas Einfaches, Bequemes tragen und entschied sich für eine weite salbeigrüne Leinenhose und ein elfenbeinfarbenes Top mit zartem Perlenbesatz im Ausschnitt. Sie stand gerade vor dem Spiegel und bürstete ihr Haar, als es klopfte.

»Herein!«, rief sie und versuchte einige Strähnen mit Haarnadeln zu bändigen.

»Ich wollte dir viel Glück wünschen.« Rurik stand auf der Schwelle. Sein Haar fiel ihm offen über die Schultern, und er erschien Sveva wie die Sonne höchstpersönlich.

»Kommst du nicht mit?« Sie legte die Haarnadeln weg, eine Strähne fiel ihr auf die Schulter.

Er trat ein, schloss die Tür hinter sich und setzte sich aufs Bett.

»Nein, ich habe mit der ganzen Sache nichts zu tun. Außerdem ist Saverio bei dir.«

Sveva setzte sich neben ihn. Sie roch sein Aftershave. Ruriks Augen sahen aus wie flüssige Jadesteine, als sein Blick zärtlich über ihr Gesicht glitt, intensiv wie eine Berührung.

»Wie auch immer es ausgehen wird, du hast es versucht.

Geh diese Prüfung ganz ruhig an, und wenn es nicht gelingen sollte, dann denk daran, dass du deinen Vater wiedergefunden hast. Das fehlende Puzzleteil in deinem Leben, der einzige und wahre Grund, warum du hier bist.«

Sveva hatte einen Kloß im Hals.

Ruriks Stimme war voller Schmerz, sie trug das Echo einer unheilvollen, nicht vergessenen Vergangenheit in sich.

»Genieß die Zeit mit deinem Vater. Bewahr jeden Moment davon in deinem Herzen, und verschwende keinen Augenblick. Vergiss das nicht, Sveva. Ich würde gerne die Zeit zurückdrehen, um das tun zu können.«

»Was ist mit deinem Vater geschehen, Rurik?«

Er hielt den Atem an, stieß ihn dann wieder aus, als wolle er sich von einem Gewicht auf seinem Herzen befreien. »Ich war zwölf Jahre alt, als unsere Familie, die einem Nomadenvolk angehörte, auf Geheiß der norwegischen Regierung in ein Arbeitslager zog. Wie eingesperrten Tieren nahm man uns alle Freiheiten. Meine Mutter schickte mich zu meinen Großeltern auf die Insel Senja, um mir dieses würdelose Schicksal zu ersparen.«

Er hielt den Blick gesenkt, und Sveva hatte den Eindruck, dass er seine Gefühle vor ihr verbergen wollte. *Ich liebe dich.* Etwas anderes konnte sie nicht denken, während sie ihn schweigend ansah.

»Meine Mutter«, fuhr er fort, »folgte meinem Vater.« Er hielt inne, atmete tief ein. »Ich habe meine Eltern nicht mehr wiedergesehen. Später erfuhr ich von meinen Großeltern, dass beide tot waren. Mein Vater war an Leukämie erkrankt und wurde nicht behandelt. Meine Mutter vegetierte langsam dahin, aufgezehrt vom Schmerz und diesem unwürdigen Leben.« Er strich über den Torques an seinem Hals. »Ich habe noch genau vor Augen, wie mein Vater lächelte, als er das Silber schmiedete, mir dann dies hier um den Hals legte und wie seine Hände über meine Haut streiften.«

Er senkte den Kopf und schwieg, das Gesicht verdeckt von seinem schönen Haar.

Sveva strich sanft darüber, nahm dann sein Gesicht in die Hände und zwang ihn, sie anzusehen. »Verzeih. Verzeih, dass ich dein Schweigen nicht verstanden habe. Verzeih, dass ich nur an mich gedacht habe. Verzeih mir, denn du bist wichtig.«

Rurik hauchte ihr einen Kuss auf die Finger. »Ich bin in dich verliebt, Sveva. Ich glaube, ich bin es, seit ich dich das erste Mal bei Malvina gesehen habe, klein und schüchtern. Ich konnte deinen Schmerz spüren. Sofort. Er war genau wie meiner: tief verborgen, und doch so lebendig.«

»Ich möchte, dass du heute mit mir kommst, ich möchte dich in meiner Nähe haben.« Sie näherte ihr Gesicht dem seinen, streifte seine Lippen mit ihren. Wie süß er schmeckte, dieser verheißungsvolle Kuss.

Das Leben verdichtete sich zu diesem einen Augenblick, und Sveva fühlte es in seiner vollen Schönheit durch ihre Adern pulsieren.

Als sie im Palazzo Braghò eintrafen, war die Tafel wie für einen Staatsakt gedeckt.

Ein blütenweißes, mit Spitze und Lochstickereien verziertes Leinentischtuch bedeckte den langen Tisch.

Die Gäste hatten schon ihre Plätze eingenommen.

Donna Giacinta saß in einem eleganten perlgrauen Kostüm am Kopfende.

Neben ihr hatte ein Mann mittleren Alters mit rundem Bauch und einer Brille mit dicken Gläsern Platz genommen. Daneben ein Pfarrer und ein Ehepaar, das in gedämpftem Ton liebevoll miteinander plauderte.

Von Rurik und Saverio begleitet, betrat Sveva das Zimmer. Wie eine Trophäe hielt sie die von einem Geschirrtuch bedeckte Servierplatte mit ihrer *Oijata* in den Händen.

Sie hatte Angst, das schon, aber sie wusste auch, dass es um viel mehr ging als um ein Rezept.

Za Romana und Carmela waren bei ihr. Und ihre Mutter. Malvina war da, Fiorella und Sasha.

»Mamma«, murmelte sie leise. »Das hier ist für dich.«

Die Gäste musterten sie schweigend, als sie erhobenen Hauptes zum Tisch ging und stolz die Platte auf der Tafel absetzte.

Donna Giacinta warf ihr einen überheblichen Blick zu, dann sah sie ihren Sohn an.

»*Assettatevi.* – Setzt euch.«

Sie nahmen Platz. Sveva schauderte. Rurik nahm unter dem Tisch ihre Hand. »Lass deinen Atem fließen, ganz ruhig«, flüsterte er ihr zu.

Sie nickte, und doch befürchtete sie, dass sie diese Prüfung nicht bestehen würde. Donna Giacinta rief nach dem Hausmädchen, das die Abdeckungen von den Servierplatten nahm.

Noch einmal betrachtete sie voller Stolz ihre *Oijata*. Sie war schlichtweg perfekt; ein Triumph aufeinander abgestimmter Farben. Dann wanderte Donna Giacintas Blick zu der *Oijata* dieser Frau, und ihre Mundwinkel hoben sich zu einem triumphierenden Lächeln: ein derber Haufen durcheinandergeworfener Zutaten.

»Bitte, Bürgermeister, Ihnen gebührt die Ehre der ersten Kostprobe.«

Der in eine fragwürdige gepunktete Krawatte und einen blauen Anzug gequetschte Mann lächelte und ließ sich von dem Hausmädchen von beiden Platten eine kleine Portion servieren.

»Ich danke Donna Giacinta für die Einladung. Auf dass diese Speisen unserer antiken Tradition zur Ehre gereichen.«

In einer unwirklichen Stille kostete er erst von der einen, dann von der anderen *Oijata*.

Sveva hielt den Atem an, Saverio biss die Zähne zusammen, Rurik trank einen Schluck Wasser, der Pfarrer sah hungrig auf seinen Teller. Der Signore mit der Brille faltete die Hände über seinem Bauch. Donna Giacinta blieb undurchdringlich, beherrscht und hochmütig. Sie war sich ihrer Sache vollkommen sicher, bis in die weißen, leicht bläulichen Haarspitzen.

Jetzt war die Frau des Bürgermeisters an der Reihe, dann der Mann mit der Brille, seine Schwester, der Pfarrer, Saverio, Sveva, Rurik. Donna Giacinta schließlich schloss den Kreis.

Sie nahm eine bequemere Haltung ein, schlug die Beine unter dem Tisch übereinander, hob ihre Gabel und nahm ein Stückchen der Speise zu sich. Köstlich und scharf, dieses Zusammenspiel der knusprigen Sardellen mit Essig und den süßen Chilis. Ihre *Oijata* war vortrefflich. Sie würde die andere nicht einmal kosten müssen. So gut wie ihre konnte sie gar nicht sein, da war sie sicher. Fremdes Blut würde niemals etwas so Gutes zustande bringen.

Sie warf Sveva einen mitleidigen Blick zu. Dumme, ahnungslose Person. Wie hatte sie auch nur ansatzweise glauben können, ihr ebenbürtig zu sein?

Giacinta war sich ihres Sieges sicher und nahm dann ein kleines Stückchen der *Oijata* ihrer Konkurrentin.

Die Aromen prickelten leicht auf ihrer Zunge und explodierten dann zu einem harmonischen Geschmackserlebnis, das ihr das Wasser im Mund zusammenlaufen ließ.

Alles war perfekt aufeinander abgestimmt. Das Aroma der Chilis war anfangs so stark, dass es ihr den Atem nahm. Aber der intensive Nachgeschmack offenbarte harmonisch die übrigen Zutaten, jede für sich wie auch als Ganzes.

Es war eine einzigartige *Oijata*. Die beste, die sie jemals gegessen hatte. Ein Meisterwerk an Weiblichkeit und Tradition, das es nicht an dem für ihn typischen, maskulinen Aroma fehlen ließ.

Giacinta hob den Blick und sah ihre Gäste einem nach dem anderen an.

In ihren Gesichtern konnte sie lesen, was sie schon wusste, eine bittere Pille, die sie nicht zu schlucken vermochte. Wie war das möglich?

In der Hoffnung, Worte zu finden, biss sie sich auf die Unterlippe.

Sie spürte Svevas Blick.

»Wir haben beide *Oijate* gekostet.« Sie räusperte sich. Es kostete sie große Überwindung, oh ja, aber sie war eine Braghò und würde die Wahrheit sagen. Eine so niederschmetternde Wahrheit, dass ihr nichts übrig blieb, als sie vor allen zuzugeben.

»Die beste *Oijata*, die beste, die ich jemals gekostet habe, ist zweifellos die der Signorina Sveva.« Sie machte eine lange Pause. »Meiner Enkelin. Einer wahren Braghò.« Sie erhob sich und breitete ihre Arme aus. »Komm an mein Herz, meine Liebe.«

Alle stimmten Donna Giacinta applaudierend zu.

Und sie alle beglückwünschten Sveva. Unter dem stolzen Blick Saverios und dem liebevollen Ruriks näherte sie sich ihrer Großmutter, ungläubig und stolz.

»Du musst mir erklären, wie du das gemacht hast.« Donna Giacinta lächelte sie an. Ein zurückhaltendes, aber ehrliches Lächeln.

Sveva kniff die Augen zusammen, um die Tränen zurückzuhalten.

Mamma, dachte sie, ich bin zu Hause. Wir sind zu Hause. Zu Hause.

Sie saßen auf der Terrasse. Der Sonnenuntergang färbte den Himmel orange, und der schwere Duft der Jasminblüten mischte sich mit dem von Geißblatt und Zitrone.

Auf dem Tisch standen zwei Tässchen Kaffee.

»Es tut mir leid.« Die Augen von Donna Giacinta waren trocken, kalt. »Ich musste das tun.«

»Mich prüfen?« Sveva rührte zerstreut ihren Kaffee um.

Donna Giacinta holte ein zusammengefaltetes Blatt Papier aus ihrem Chanel-Jäckchen hervor und legte es auf den Tisch. »Das hier.«

Ein Windhauch blies es in Svevas Richtung. Sie nahm es, unentschlossen, ob sie es lesen sollte. Ob das jetzt überhaupt noch wichtig war?

Es betrifft dein Leben. Mach es auf. Es war Malvinas Stimme, die sie da hörte.

Oben auf dem Papier war neben dem Datum der Briefkopf der Kanzlei Naso zu sehen.

Es war eine rechtliche Aufforderung, die für ihre Mutter bestimmt war, das gleiche Schreiben, das Rurik in seinem Haus gefunden und ihr gegeben hatte.

Sveva schloss die Augen, und ihre schnellen Herzschläge dröhnten ihr in den Ohren.

»Indem ich den Kontakt zwischen Ljuba und Saverio unterbunden habe, habe ich über dein Leben und über das deines Vaters und deiner Mutter bestimmt«, gestand Giacinta und sah versunken aufs Meer. »Ich tat es aus Liebe zu meinem Sohn.«

Sveva fuhr sich übers Gesicht und sah dann wieder ihre Großmutter an. Verspürte sie Hass? Vielleicht schon.

Nicht aufgrund dessen, was sie ihr angetan hatte, sondern was sie Ljuba angetan hatte.

Wegen Ljuba, die gestorben war, ohne Saverio wiedergesehen zu haben. Gestorben, weil man ihr ihre große Liebe verweigert hatte.

»Warum?«, brachte sie heraus und versuchte, die gegen die Felsen krachenden Wellen zu übertönen.

Donna Giacinta sah sie kalt an, aber ihre Augen glänzten. »Für deinen Vater, meinen einzigen Sohn. Um ihn zu schützen.«

Der Körper hat seine eigene Sprache, ob wir wollen oder nicht, und das gezeichnete Gesicht von Giacinta, ihre magere Gestalt waren die einer Frau, die sich an der Vergangenheit aufgerieben hatte.

Ihr blieb nicht mehr viel Zeit zum Leben. Und, vielleicht, würde Sveva noch die Liebe bekommen, die sie ihr immer verweigert hatte.

»Vergangen ist vergangen, Mamma ist nicht mehr, aber wo auch immer sie jetzt ist, sicher weiß sie, dass Papà und ich uns gefunden haben. Und ich bin überzeugt, dass sie ihren Frieden hat.«

Donna Giacinta nickte, ihr Gesicht blieb unbeweglich, dann starrte sie über das Geländer der Terrasse und hüllte sich in Schweigen.

Sie hatte verloren.

EPILOG

Umbrien, zwei Jahre später

Das Lokal trug den Namen Zum Seepferdchen. Rurik hatte im Erdgeschoss seines Bauernhauses einen Gasthof eröffnet. Sein Ziel war es, ein umbrisches Ambiente mit nordischem Einschlag und den liebgewonnenen süditalienischen Einflüssen zu schaffen.

Alles sollte perfekt sein bei Lenas Ankunft in einer Woche.

Als Andenken an Tropea hatte er neben das Eingangsschild zwei große Seepferdchen an die Außenwand gemalt, die grün und blau an der weißen Wand prangten und die Gäste willkommen hießen. An der anderen Mauer das alterslose Gesicht einer Frau, in deren seidigem Haar eine Hibiskusblüte steckte. Za Romana.

Dank Malvinas magischen Händen und Zefferinos Wein gab es traditionelle regionale Küche, aber der Star der Karte war die *Oijata*, die Sveva aus den Zutaten bereitete, die Saverio ihr direkt aus Tropea schickte.

Er hatte versprochen, bald mit Donna Giacinta auf Besuch zu kommen. Sveva hatte ihrer Großmutter nicht verziehen, aber vielleicht würde die Zeit ihr dabei helfen. Trotz fortgeschrittener Technologie und Computern schrieb ihr Vater jede Woche einen richtigen Brief, mit dem er Grüße von Za Romana und Carmela überbrachte, die beide nicht schreiben konnten und ihm ihre Nachrichten für Sveva anvertrauten.

Sveva erwartete nervös Saverios Ankunft. Sie wollte ihm zeigen, was aus dem Ort geworden war, den Ljuba so geliebt hatte und wo sie geboren worden war. Und ihn dahin bringen, wo er nie gewesen war.

Nachdem sie Sasha schon lange nicht mehr geschrieben hatte, wollte sie es jetzt wieder tun.

Sie schickte ihr eine E-Mail, fragte nach Neuigkeiten und erzählte, was sich bei ihr alles zugetragen hatte. Bat Sasha um Entschuldigung, dass sie sich so selten meldete, und ließ sie wissen, dass sie sie liebhatte.

Sasha antwortete noch in derselben Nacht, aber Sveva las die Nachricht erst am nächsten Tag:

Liebes, natürlich verzeihe ich dir! Wie könnte ich nicht? Du bist doch mein Schwesterherz! Wie glücklich mich dein Glück macht! Was du schreibst, ist wundervoll! Ich bin so gespannt, was du mir erzählen wirst. Der Sommer steht vor der Tür, und wir werden endlich wieder zusammen sein, so nahe wie früher. Ich drücke dich ganz fest. Allerherzlichste Grüße, Sasha

Die Worte ihrer Schwester brachten sie gleichzeitig zum Lachen und zum Weinen. Sie speicherte die E-Mail auf ihrem Desktop, in einem dafür vorgesehenen Postfach.

Die Monate bis zum Sommer vergingen in ruhiger Zufriedenheit. Rurik hatte viel mit dem Gasthof zu tun, was sich mit der Ankunft von Lena änderte. Mit dem Enthusiasmus und der Unbeirrbarkeit einer Zwanzigjährigen hatte sie sich in den Kopf gesetzt, nach norwegischer Methode Bier zu brauen. Hausgebrautes Bier für eine traditionelle Küche. Mitten in diesem kreativen Chaos ging die Fertigstellung von Ruriks neuem Roman in großen Schritten voran.

Sveva verbrachte viel Zeit mit ihm oder bei Malvina, der sie half, den Teig für die *Torta al testo* zuzubereiten. Oder sie begleitete Zefferino bei seinen Kontrollgängen durch die Weinreben und half ihm dabei, die Reben auszugeizen.

Inzwischen zählte sie die Tage, die sie noch von ihrem Vater trennten.

Und endlich war er da. Die Felder blühten im aufkommenden Frühling, als er an die Tür klopfte.

Er trug einen kleinen Koffer bei sich und unter dem Arm ein Bild: eine rothaarige Frau, ein Mann mit dunklem Teint und ein Kind, die eng aneinandergeschmiegt auf einem Hügel über einem goldenen Kornfeld saßen.

Sveva schlang die Arme um seinen Hals, und er küsste sie liebevoll auf die Wange.

In diesem Moment fügte sich alles zu einem großen Ganzen zusammen: die Vergangenheit, die Gegenwart, die Zukunft. Der Duft der Blumen und der des Kaffees aus der Küche.

»Papà«, sagte sie schlicht. Nicht mehr »Saverio«. Denn jetzt war er hier, an diesem Ort, an den sie beide gehörten.

Donna Giacinta war nicht mitgekommen, denn am Ende war Saverio es gewesen, der ihr nicht verzeihen konnte.

Sveva hatte ihm verschwiegen, welche Rolle Donna Giacinta in seiner und Ljubas Geschichte zukam. Doch eines Tages hatte Giacinta selbst ihm alles gestanden, unfähig, die Last weiter zu tragen, die sie vor so vielen Jahren auf sich geladen hatte.

Saverio ließ sie wissen, dass er ihr niemals verzeihen könne, zu tief sei die Wunde, die sie geschlagen, zu groß das Unglück, das sie über sie alle gebracht habe.

Eine Woche vor Saverios Ankunft hatten Sveva und Malvina neben dem großen Baum ein Loch gegraben. Dort vergruben sie Ljubas Spiegel und die Zeichnung von Tropea aus Malvinas geheimem Zimmer.

»Vergangenheit, Gegenwart und Zukunft liegen nun in deinen Händen, Sveva. Und ich, na ja, ich habe nicht mehr lange zu leben«, sagte Malvina.

Sveva nickte mit Tränen in den Augen.

Ja, jetzt brauchte sie ihn nicht mehr. Sie brauchte keinen Spiegel mehr, der ihr sagte, wer sie war. Und auch keine Zeichen, um das Schicksal zu deuten.

In ihrem Leben war alles an seinem Platz.

Sie war Sveva. Sie hatte Ljubas Haar, Saverios Lächeln, Malvinas spirituelle Gabe, Fiorellas Segnung und die Magie von Za Romana und Carmela. Und Ruriks Liebe.

»Ja«, antwortete sie und wischte mit der Schürze die Erde von ihren Fingern. »Das Schicksal liegt nun in meinen Händen.« Dann küsste sie Malvina auf die Wange. »Ich hab dich lieb.«

Ein Kind ohne Wurzeln ist wie ein Baum, der stirbt, hatte Malvina einst gesagt. Sveva spürte, wie sich diese Worte, die ihr lange Zeit unwichtig erschienen waren, ihrer ermächtigt hatten. Eine Heimat finden bedeutet sich selbst finden. Man kann fortgehen, die Fremde suchen, aber man kommt doch immer zurück. Denn die Seele hat nur einen Zufluchtsort; das, was wir Zuhause nennen. Und genau das würde sie ihrer Tochter beibringen.

Das Mädchen mit einer Blumenkrone auf dem mondlichten Haar kam auf sie zugestürmt.

Ihre grünen Augen leuchteten aufgeregt, als sie den großen Baum erreichte.

»Mammina, Mammina! Ich habe eine Fee gesehen!«

Sveva lächelte und zog sie auf ihren Schoß. »Ich wette, sie sieht aus wie eine kleine Kugel aus Licht.«

Das Mädchen nickte und streifte versunken über die Rinde des Olivenbaums. Um den Hals trug sie eine Kette mit einem

Medaillon, das in der Sonne funkelte. Das Stückchen Ginster hinter dem Glas war noch unversehrt, und Sveva spürte seine ganze Kraft.

Die Kleine sah sie an, wurde ernst, und ihre Begeisterung schwand. Sie glitt mit ihrem Fingerchen über die Wange ihrer Mutter und trocknete deren Tränen, dann umarmte sie sie und kuschelte sich an ihre Brust.

Sveva drückte ihre Tochter an sich und legte ihre Handfläche über die des Kindes an die Rinde des großen Baums. Sie hielt das Gesicht in die Sonne, die durch das silberne Blätterwerk schien, und spürte, wie die Wärme bis in ihr Herz drang.

Die Kraft des Sommers hatte den Ginster hinter dem Garten schon golden gefärbt. Ljuba war dort, frei und glücklich.

Sveva drückte die Hand ihrer Tochter, sah zum Bauernhaus und lächelte.

Das Ginsterhaus.

Ja, jetzt hatte sie endlich einen Namen gefunden.

ELISABETTA BRICCA IM GESPRÄCH

Sveva, die Hauptperson Ihres Romans, ist eine starke Frau mit zarter Seele. An einem schwierigen Punkt in ihrem Leben beschließt sie, ihren Stadtalltag, der ihr fremd geworden ist, aufzugeben. Um sich wiederzufinden, zieht sie an den einzigen Ort, der ihr jemals ein Zuhause gewesen ist: Umbrien. Wie kam Ihnen die Idee zu dieser Figur? Wie viel Autobiografisches steckt in ihr?

Die Idee begleitet mich schon seit Jahren. Sveva war einfach in meinem Kopf, stellte mir Fragen, forderte mich auf, ihre Geschichte zu erzählen. Und ich glaube, jeder Mensch, der vor einer großen Entscheidung steht, hat eine ähnliche Geschichte. Es sollte jedem von uns zustehen, sein Glück zu suchen, sein Leben so zu leben, dass es den eigenen Träumen so nahe wie möglich kommt. Aber manchmal bauen wir uns selbst einen Käfig um unser Leben: Rollenbilder, Erwartungen, falsche Mythen, das Bedürfnis, konform mit einer Gesellschaft zu gehen, die uns überhaupt nicht entspricht. Ich glaube, Sveva steht für die Möglichkeit, sich gegen aufgezwungene Lebensbedingungen zu entscheiden, für die Möglichkeit, das Leben zu suchen, das uns selbst und den eigenen Ambitionen entspricht. In der Geschichte steckt viel Autobiografisches, aber nicht nur.

In Ihrem Roman spielt die Vergangenheit eine wesentliche Rolle. Sie ist die Kraft, die uns ausmacht. Wenn wir den richtigen Weg finden und unser Leben ändern möchten, müssen wir die Vergangenheit miteinbeziehen. Doch allzu oft bereuen wir Vergangenes, beklagen Ungesagtes. Wie wichtig ist dieser Widerspruch für Svevas Selbstfindung?

Die Vergangenheit ist Teil von uns, und wir lernen aus ihr. Ich glaube, es ist wichtig, Schuldgefühle wegen Dingen, die wir nicht gesagt und nicht getan haben, zu überwinden – vor allem, wenn wir uns in Lebensumständen wiederfinden, die wir nicht selbst geschaffen haben – und sich dann entsprechend weiterzuentwickeln. Wir wissen nicht, was die Zukunft bringt, aber sie steckt voller Möglichkeiten. Was gewesen ist, können wir nicht mehr ändern, aber wir können über unsere Zukunft bestimmen. Genau das tut Sveva: Sie ist verzweifelt und reagiert. Sie verkriecht sich nicht in ihrem Schmerz, obgleich sie weiß, dass sie dem Ganzen nicht wird entfliehen können; sie versucht, einen neuen Weg zu finden, auch wenn sie nicht weiß, wo er sie hinbringen wird. Sie tritt in Aktion, ist mutig.

Um noch einmal auf die Vergangenheit zurückzukommen: Sveva ist geprägt von einer weiteren wichtigen Figur: Malvina. Eine aus der Zeit gefallene Frau, natur- und erdverbunden. Für Sveva war sie nicht nur Kindermädchen, sondern auch Mutter und Freundin, eine wichtige Bezugsperson also. Sie hat ihr beigebracht, das Beste aus dem Leben zu machen. Gibt oder gab es einen solchen Menschen in Ihrem Leben?

Es gibt viele Menschen, die mir wichtig sind. Einige leben nicht mehr, haben mich aber auf den richtigen Weg gebracht. Mein Vater, ein sehr strenger Mann, hat mir die Liebe zur Natur nahegebracht und mich gelehrt, sie zu respektieren und nur das Notwendigste von ihr zu nehmen; meine Mutter, die unermüdlich versucht hat, dem Leben mit einem Lächeln entgegenzutreten; meine Tante Elisa, die mich aufrichtig geliebt hat.

Wer Ihr Buch liest, dem drängt sich der Gedanke auf, dass Liebe alles andere antreibt, angefangen bei alltäglichen kleinen Gesten bis hin zu intensiven Beziehungen. Wie sehr beeinflusst dieser Blick auf die Liebe Ihre Herangehensweise an das Leben und die Literatur?

Die Liebe hat immer meine Entscheidungen im Leben gelenkt. Liebe und Leidenschaft. Ich habe viel gewagt, manchmal habe ich verloren, manchmal gewonnen. Verpflichtungen liegen mir nicht. Alles, was ich tue und jemals getan habe, tue ich mit und für Liebe. Liebe für die Familie, das Land, die Natur, das hält mich am Leben. Mit dem Schreiben pflege ich eine immerwährende Liebesbeziehung, und wie bei jeder großen Liebe ist das Ganze vielschichtig: Ich bin Feuer und Flamme, niedergeschmettert, im siebten Himmel und zu Tode betrübt, aber ich könnte nicht leben, ohne zu schreiben.

Eine andere Besonderheit Ihres Romans ist die Beziehung zwischen Küche und Seele, Düften und Emotionen. Sveva erinnert sich an die Kekse und das Brot, die Malvina zubereitete, daran, dass der weiche Teig in ihrer Hand ihr Sicherheit und Ruhe gab. Glauben Sie, dass Nahrung einen therapeutischen Wert haben kann? Sind Kochen und Essen eine Art, sich selbst auszudrücken, eine Kunst wie Musik oder Literatur?

Essen bedeutet Zugehörigkeit, Gemeinschaft und Erinnerung. Aber auch Kultur und Kreativität. Kochen bedeutet für mich Liebe und Respekt gegenüber den Personen, die mir wichtig sind, und es verbindet mich zuverlässig mit meinen Wurzeln. So kann ich die Nähe zu den Frauen meiner Familie spüren, es bedeutet, mich um meine Töchter und meinen Mann zu kümmern, mit Freunden Essensdüfte und Aromen zu genießen. Ich glaube auf jeden Fall an einen therapeutischen Wert des Essens. Und ich mag den ersten Vers von Pablo Nerudas Gedicht »Zwei Liebende«, der mein Bild von Nahrung zusammenfasst: »Zwei Liebende im Glück bilden einen Laib.«

Essen bedeutet für Malvina wie für die Frauen aus Tropea auch Beständigkeit, es ist eine Brücke zwischen den Generationen. Allein die kulinarische Prüfung, die Sveva bestehen muss, um Donna Giacintas Herz zu erweichen. Gibt es ein Gericht oder Rezept, zu dem Sie eine besondere Bindung haben und das für Sie einen ähnlich familiären Stellenwert hat?

Meine erste Erinnerung ist die große Küche bei uns zu Hause in Rom, wo meine Mutter und meine Tanten geschäftig das Weihnachtsessen zubereiteten. Ihr Gelächter, ihre umherwuselnden Hände. Das war wunderschön. Ich bin zwischen eingekochten Tomaten und hausgemachtem Backwerk groß geworden, in meiner Familie wurde immer viel gekocht. Mein Lieblingsessen ist sehr schlicht und gehört der umbrischen Küche an, die auf die Etrusker zurückzuführen ist: Die *Torta al testo*, wie Malvina sie zubereitet. Aber auch nordumbrisches schwarzes *Paté* aus Hühnerleber, Sardellen, Kapern, Salbei und Weißwein (das niemand so köstlich macht wie meine Mutter) ist sehr gut und das traditionelle Weihnachtsgebäck vom Trasimenischen See: *Torciglione*, der zum Großteil aus Mandeln und Zucker besteht und mit Pinienkernen und Zitronat dekoriert wird. Die Ursprünge dieses schlangenförmigen Gebäcks, das an die Aale des Sees erinnern soll, reichen bis ins heidnische Zeitalter zurück. Es steht für die Fähigkeit der Natur, sich zu regenerieren und für die Jahreszeiten, die immer neu wiederkehren.

Eine große Rolle spielt auch die umbrische Landschaft, in der noch alles bedächtig und langsam mit dem Lauf der Natur geht. Sie strahlt beinahe etwas Magisches aus.

Meine Eltern stammen aus Umbrien, sie sind in einem mittelalterlichen Ort an den Ufern des Trasimenischen Sees geboren und aufgewachsen. Ich bin in Rom groß geworden, habe aber jeden Sommer in Umbrien verbracht. Unser Haus stand unter einem imposanten Turm aus dem Mittelalter, und das Fenster meines Zimmers ging zum See hinaus. Ich war ein Wildfang und bin immer barfuß durch die Gassen gerannt. Mit meinem Vater ging ich zum Turm von Monte Ruffiano und in die Berge, wo wir nach wildem Spargel suchten. Er kannte jede Schlucht, jede Blume, jedes Kraut. Für mich ist dort immer mein wahres Zuhause gewesen, und vor zehn Jahren habe ich meinen Job aufgegeben, um mit meiner Familie dorthin zu ziehen. Jedes Mal wenn ich über den See blicke oder durch die Wälder laufe, bin ich voller Staunen, ist mein Herz voller Dankbarkeit. Hier existiert eine Wildheit, die der Mensch noch nicht gezähmt hat – es ist tatsächlich eine magische Welt.

DANKSAGUNG

Der Weg zu diesem Buch war lang und aufregend, und ich durfte ihn glücklicherweise mit wunderbaren Menschen teilen.

Ich möchte meiner Agentin Silvia Donzelli danken; ihre erste E-Mail hat mein Leben verändert, auch wenn sie es nicht weiß. Danke für den professionellen Einsatz, den du in deine Arbeit legst. Ich hab dich lieb!

Ich danke dem Garzanti Verlag, der mit großer Begeisterung an seine Autoren glaubt. Ich danke Elisabetta Migliavada, die mich bei Garzanti mit diesem wundervollen Lächeln empfing und deren Blitzen in den Augen nur ganz besonderen Frauen eigen ist. Ich danke Adriana Salvatori für ihre liebenswürdige, präzise und einfühlsame Begleitung meiner Arbeit. Danke an Federica Merati, Sanftmut in Person, die mir aber nicht das Winzigste durchgehen ließ. Das rechne ich ihr hoch an. Ich danke Alba Bariffi für ihre Gewissenhaftigkeit und Zuverlässigkeit.

Dank für Kritik, Geduld und Ratschläge an Elena Bigoni, die mein Buch als erste Person gelesen hat, als es sich noch im embryonalen Zustand befand.

Ich danke Stefania Auci, Gabriella Parisi, Antonella Albano, Vittoria Liant, Valeria Vichi, Rita Fortunato, Valentina Coluccelli. Ohne euch wäre die Welt ein trauriger Ort – danke für alles.

Ich danke Flaminia und Viola, die diesen Traum mit mir gemeinsam gelebt haben, mir Zuspruch gaben und sich geduldig zeigten, wenn ihre Mamma schreiben musste. Ihr seid zwei ganz besondere Mädchen, und ich bin stolz auf euch.

Ich danke meiner Mutter und meinen Schwestern Cristina und Rosalba, denn sie haben nie bezweifelt, dass ich es schaffen würde. Danke, dass ihr an mich geglaubt und mich schon als kleines Mädchen an Musik und Poesie herangeführt habt, dass ihr mich gelehrt habt, Vorurteilen niemals nachzugeben.

Ich danke meinem Vater, der nicht mehr lebt. Er hat mich gelehrt zu leben und niemals aufzugeben. Ich weiß, du siehst mich und bist stolz auf mich.

Und schließlich danke ich dir, Antonio, Ehemann, Gefährte und Freund. Ohne dich und deine Unterstützung wäre all dies nicht möglich gewesen. Niemand hat so unerschütterlich an mich geglaubt wie du. Du hast mir in diesen langen Jahren ermöglicht, meinen Weg zu gehen, ohne jemals etwas dafür zu verlangen. Du hast mich unterstützt und motiviert, hast mir zugehört, mich geliebt, wie niemand sonst es je getan hat, amore mio.

Ein verlassenes Theater an der Küste Sardiniens und ein lange gehütetes Geheimnis

Rosanna Ley
DAS KLEINE THEATER
AM MEER
Roman
Aus dem Englischen
von Barbara Röhl
496 Seiten
ISBN 978-3-404-17763-9

Einen Sommer auf Sardinien zu verbringen, in einem kleinen Ort am Meer – wer träumt nicht davon? Auch Faye kommt die Bitte ihrer Freundin Charlotte, sich um ihr Hotel zu kümmern, sehr gelegen. Für sie ist gerade eine Welt zusammengebrochen, steht sie nach Abschluss ihres Studiums doch plötzlich ohne Job und Freund da. Erst auf Sardinien verrät Charlotte, was noch hinter dem Angebot steht: Freunde von ihr wollen das kleine Theater in der Altstadt von Deriu wiederherrichten und brauchen dafür die Hilfe einer Innenarchitektin. Faye ist begeistert. Sie ahnt nicht, worauf sie sich einlässt ...

»Ein großartiger Pageturner« LUCINDA RILEY

Bastei Lübbe

Im sonnigen Südfrankreich bietet eine ganz besondere Agentur eine zweite Chance für das Glück

Lorraine Fouchet
DIE GLÜCKSAGENTUR
Roman
Aus dem
Französischen
352 Seiten
ISBN 978-3-404-17761-5

Die 29-jährige Journalistin Juliette hat die Nase voll. Der Chef, der Job, das Liebesleben – alles andere als erfreulich. Sie wirft alles hin, um einen beruflichen Neustart zu wagen: mit der Gründung einer Lebensveränderungsagentur für alle, die ihrem Glück auf die Sprünge helfen wollen.
In dem kleinen französischen Dorf ihrer Kindheit haucht sie einem heruntergekommenen Schulgebäude mit viel Fantasie und Tatkraft neues Leben ein, und ihre Agentur findet bald großen Anklang. Doch wie sieht es mit Juliettes eigenem Glück aus?

Ein schwungvoller Wohlfühlroman mit liebenswerten Figuren, vielen amüsanten Verwicklungen und mediterranem Flair

Bastei Lübbe

Die Community für alle, die Bücher lieben

Das Gefühl, wenn man ein Buch in einer einzigen Nacht verschlingt – teile es mit der Community

In der Lesejury kannst du

- ★ Bücher lesen und rezensieren, die noch nicht erschienen sind
- ★ Gemeinsam mit anderen buchbegeisterten Menschen in Leserunden diskutieren
- ★ Autoren persönlich kennenlernen
- ★ An exklusiven Gewinnspielen und Aktionen teilnehmen
- ★ Bonuspunkte sammeln und diese gegen tolle Prämien eintauschen

Jetzt kostenlos registrieren: www.lesejury.de
Folge uns auf Facebook:
www.facebook.com/lesejury